Buch:

Amerika – Das Land der unbegrenzten Möglichkeiten, Träume die genau dort wahr werden können.
Katharina Perkinson erhofft sich jene Vorstellung. Sie reist nach Amerika, um ihren lang ersehnten Wunschtraum endlich zu erfüllen.
Jedoch kurz nach ihrer Ankunft verunglückt sie mit ihrem Mietwagen. Lange Zeit liegt sie verletzt und ohne Aussicht auf Hilfe in einer unübersichtlichen Böschung, sie erlebt die Wildnis, aber auch das Land von einer ganz anderen Seite. Allmählich verliert sie das Zeitgefühl und wird völlig erschöpft von einem Indianer Namens Crying Hawk gefunden. Durch ihn erlebt sie das Land anders und ganz gewiss nicht, wie es in ihrer Vorstellung existiert. Bald wird aus einem Wunschtraum ein gnadenloser Alptraum, denn durch den Unfall verliert sie jedes Gefühl von Traum und Realität. Durch Crying Hawks eigenartiges Verhalten erfährt sie bald eine Reihe von Geschehnissen, an die sie sich erinnern kann, die er jedoch oftmals leugnet. Konnte es sein, das Diese wirklich nie statt fanden? Katharina begibt sich auf Spurensuche und macht nach und nach fatale Entdeckungen...

Wächter Wahn
im Sturm der Realität

Kerstin Schaich

ISBN 3-8311-1635-0

Alle darin handelnden Personen, sowie Ortsnamen sind frei erfunden.

Für
Stefan meinen Ehemann und besten Freund.

Überfallen von einer Macht, die zuvor im Verborgenen blieb. Gefangen in einer Welt, die nur innerhalb eines Kerns zu existieren scheint. Außerhalb die Wirklichkeit - greifbar und fortlaufend. Erst wenn ein Traum kein Traum und die Realität nicht mehr von herrschenden Illusionen zu unterscheiden ist, übernimmt eine innerliche Macht das Herrschen. Sie regiert in der Welt des Unterbewussten und trennt den Traum und die Realität mit einem Licht, das die Grenze zwischen Beidem ist.

»Wenn ich in meinem Beruf nicht aufgestiegen wäre, wenn mein größter Wunsch immer nur ein Traum geblieben und das Verlangen nach ungesättigter Neugier mich nicht nach Amerika, das Land der unbegrenzten Möglichkeiten gezogen hätte, wäre mir verdammt viel erspart geblieben.«
Katharina Perkinson lehnte ihren Kopf zurück an einen abgeknickten Baumstamm. Dabei blickte sie in einen dichten Wald der ringsum nur von weiter Landschaft geprägt war. Weit und breit kein Haus oder Gehöft, alles wirkte unbesiedelt, und menschenleer. Der Mietwagen lag nicht weit von ihr entfernt auf dem Dach, das völlig eingedellt war. Die Lage schien nicht besonders Hoffnungsvoll und trotzdem wollte sie den Gedanke an Hilfe nicht aufgeben. Aber wer sollte sie dort unten finden? Die Böschung war undurchdringlich mit Buschwerk verwachsen, die alles bedeckte und zudem die Sicht nach unten erschwerte. Keiner auf dieser Einöden, sandigen Waldstraße könnte einen geringfügigen Verdacht hegen, das dort unten eine junge Frau mit dem Mietwagen verunglückt war. Alles geschah vor wenigen Stunden und seitdem hörte Katharina keinen vorbeifahrenden Wagen mehr. Es herrschte allseitig Ruhe, jedoch keine Totenstille. Vögel zwitscherten in den Bäumen und leichter Wind wehte zwischen dem Geäst. Zeitweilig hatte sie den Eindruck, dass sich die Bäume über ihr beugen würden, das Rauschen der Blätter wurde lauter und der Wald schien sich

mehr und mehr zu verdichten. Dunkle Schatten zogen auf und wurden von eigenartigem Rascheln und Knacken begleitet, die zeitweilig wieder verschwanden.

»Oh warum? Warum...?«, stöhnte sie. Ihre Gedanken ein einziges Wirrwarr, als ob sie in einem Irrgarten verzweifelt nach einem Ausweg suchte. Erschöpft und mit Schmerz verzerrtem Gesicht versuchte sie kurz darauf, zu ihrem linken Schienbein zu reichen. Sie konnte es nicht mehr bewegen und der Schmerz zog sich bis zu der Beckengegend hin. Dabei stockte ihr sogar zeitweilig der Atem und sie hatte das Gefühl sich übergeben zu müssen. Alles was sie im Magen hatte, war die Kost aus dem Flugzeug. Zum ersten Mal war sie erste Klasse geflogen, sogar noch beim Zoll verlief alles ohne Komplikationen und der Mietwagen, welchen sie gebucht hatte war nicht vergeben, sondern stand abfahrbereit in der großen Tiefgarage der Vermietungsgesellschaft, direkt neben dem Flughafen. Ein wenig unorientiert und doch von einem berauschenden Gefühl umwoben, endlich in ihrem Traumland Amerika zu sein fuhr sie aus der Großstadt hinaus und einer Landschaft entgegen, die wahrhaftig ein Gefühl von endloser Freiheit vermittelte. Außer der Natur gab es nur noch einen sandigen Highway der es Menschen ermöglichte, über Stunden ihr Ziel zu erreichen oder einmal King of the Road zu sein. Katharina sah noch einmal alles vor sich, wie sie froh gelaunt die staubige Straße entlang fuhr und wie ringsum der Wald immer größer und dichter wurde, nur die breite Straße blieb unverändert.

Sie hatte innerhalb weniger Sekunden die Kontrolle über das Fahrzeug verloren, obwohl sie die scharfe Rechtskurve vernahm. Doch alles geschah so rasch, das sie im Moment nur noch von Glück sprechen konnte, den Unfall überlebt zu haben - zumindest bis jetzt. Glück konnte man es auch nicht gerade nennen, denn der Unfallort war keineswegs ein Blickfang von der Straße aus und in dieser Wildnis konnte sie nicht lange ohne Wasser und Nahrung überleben, zumal sie keine Ahnung hatte wie schwer ihre Verletzungen tatsächlich waren. Außerdem gab es in diesen Wäldern vermutlich nicht nur Rotwild und niedliche Hasen, sondern auch andere Gefahren. Ganz gleich welche Entscheidung sie lieber getroffen hätte, ihr blieb nichts anderes übrig als zu warten und zu hoffen. Der umgekippte Wagen neben ihr bot keinen Schutz, das Dach war auf der einen Seite völlig eingeprellt und im Nachhinein wusste sie nicht einmal mehr wie sie sich mit aller Mühe daraus befreit hatte. Sie fror und der Schock saß mächtig tief in ihren Gliedern. Erst später setzten die Schmerzen an ihrem Bein ein und machten sich an einem großen Teil ihres Körpers breit. Aus dem Tank floss Benzin heraus verbreitete seinen Geruch allmählich um Katharina herum. Anfangs brannte er in ihrer Nase und sie hoffte, dass er schnell verfliegen würde. Doch inzwischen hatte sie sich daran gewöhnt und ihr Geruchssinn nahm auch nichts anderes mehr wahr. Alles roch nach Benzin, die Bäume, die Umgebung und sogar der Wind wehte eine frische Benzinbrise herüber. Aber das war nicht ihre Sorge. Was war, wenn sich aus irgendeinem Grund etwas entzündete? Der Boden wirkte trocken und ausgedörrt.

»Ich darf nicht daran denken. Es wird alles gut, alles wird gut. Ich fühle es..... ja ich. oder ist es .... ich....nein...., nein ich fühle gar nichts nur Schmerzen.«
Plötzlich waren Augenblicke von vergangener Zeit so nah und liefen wie ein Film in ihrem Gedächtnis ab. Ihre Augen weit geöffnet der Atem hin und her gerissen zwischen schnell und langsam, um die Übelkeit zu verdrängen.
Es war eigenartig das gerade ihr erster Schultag, der Beginn ihrer Erinnerungen war. Eigentlich hasste sie die Schule und am liebsten wäre sie nach der Einschulung nie mehr dorthin gegangen. Doch so sehr sie auch dieses große graue Gebäude verabscheute, so war sie in jedem Jahr Klassenbeste und es gab kein Fach in welchem sie schlechte Noten bekam. Dennoch hatte sie sich mit der Grundschule nie angefreundet.
Die nächste Erinnerung kam darauf folgend ohne eine Pause zu gewähren. Sie besuchte noch immer die Grundschule und ob

wohl sie soeben noch das kleine Schulmädchen, mit einem roten Schulranzen war, so verschwand plötzlich der Ranzen und der dunkelblaue Jeansoveral, den sie getragen hatte. Diesen trug sie am liebsten und wann immer sie nur konnte zog sie ihn an. Was augenblicklich weg radiert wurde, verwandelte sich in ein wundervolles weißes Kleid, mit vielen Rüschen und Spitzenstoff. Im Haar trug sie eine weiße Schleife und in der Hand hielt sie eine große brennende Kerze mit dem Kreuz Jesu darauf. Es war ihre erste Kommunion, auf die sie sich lange gefreut hatte. Viele Verwandte um sie herum, von welchen sie einige seit Jahren nicht mehr gesehen hatte. Die Kirche war festlich geschmückt und überall standen beachtliche Blumengestecke und ein paar große Kerzenleuchter mit brennenden Kerzen. Dieser Tag war wundervoll und Katharina erinnerte sich oft sehr gern an diesen Moment zurück. Sie sah sich noch lange in diesem wunderschönen Kleid und unerwartet inmitten einer schönen Blumenwiese, wo sie sich im Kreis drehte und unbeschwert lachend zu ihrem Vater in die Arme rannte. Alles geschah in Zeitlupe und manche Momente wirkten so nah, als ob sie sich gerade erst ereigneten. Katharinas Erinnerungen ließen nach und ihr Verstand kehrte in die Realität zurück, sie versuchte sich ein wenig in die Seitenlage zu legen, doch jede Bewegung ließ den Schmerz stärker werden. Langsam sah sie an sich herunter und währenddessen verdoppelte sich das Blickfeld um sie herum. Nachdem sie die Augen schloss und ihren Kopf wieder zurück an den Baumstamm lehnen wollte, verlor sie das Gleichgewicht und rutschte ein ganzes Stück in die Tiefe. Sie prallte mit ihrem Oberkörper an einem abgeholzten, langen Baumstamm der quer inmitten diesem Waldareal lag. Wie sie bemerkte war die Böschung nicht zu Ende gewesen, sondern ging noch einmal ein ganzes Stück tiefer hinunter. Sie hatte bereits am Abgrund gelegen und es war nur noch eine Frage der Zeit, bis es passieren sollte. Zunächst blieb sie reglos liegen, bis ihr Atem stockte und sie keine Luft mehr bekam. Sie versuchte verzweifelt nach Atem zu ringen. Was einen Bruchteil von Se kunden ausmachte, empfand sie als etliche Minuten. Sie versuchte weiter Luft zu schnappen und hielt sich dabei krampfhaft ihren Hals, doch schließlich übermannte sie tiefe Bewusstlosigkeit.

Währenddessen schien Katharina in der Außenwelt ohne ein Lebenszeichen, sie wirkte weit entfernt von ihrer Existenz und dennoch sah es innerlich ganz anders aus. Denn der laufende Film lief weiter und verfolgte das kleine Mädchen bis hin zu ihrer Jugend und ihren Aktivitäten, die sie liebte. Katharina erlebte nochmals ihre erste Tauchstunde am Meer, wo sie das Atmen mit der Sauerstofflasche erlernte und das sie am Anfang nicht gerade einfach empfand. Einmal schluckte sie Wasser und versuchte so schnell wie möglich an die Wasseroberfläche zu gelangen. Dabei hielt sie ihren Atem so lange wie es ihr nur möglich war an. Aber so sehr sie sich bemühte es gelang ihr nicht ganz und während sie noch immer keine Luft bekam war der nächste Moment wieder trocken und an Land. Sie spielte mit ihrem Bruder Tischtennis und verlor mit jedem Aufschlag gegen ihn. Aber Lars war immer besser gewesen. Er war fünf Jahre jünger, doch das Alter war nicht ausschlaggebend, sondern die Leistung. Lars war ebenfalls Klassenbester und es gab nie einen Moment in welchem die beiden Geschwister miteinander konkurrierten. Viele Gemeinsamkeiten hatten sie nicht, mit einer Ausnahme dem Tischtennis. Es war komisch, aber so viele schöne Momente wurden meistens mit einem Schatten getrübt. Die Sonne vermochte nicht mehr zu scheinen und alles wirkte grau und verregnet, wie auch der nächste Augenblick welcher wohl einer der schlimmsten in Katharinas Leben sein sollte - Lars Beerdigung. Er starb nach langem Krebsleiden, obwohl die Ärzte sehr zuversichtlich an seine Genesung glaubten. Er war erst 14 Jahre alt und musste sein Leben in Gottes Hände geben. Es war ungerecht und wohl einer der schwärzesten Tage die Katharina im Gedächtnis bleiben sollten. Sie am Grab ihres Bruders, umringt von seinen Schulkameraden, Freunden und Verwandten die von ihm ein letztes Mal Ab schied nahmen. Dazwischen sein unbeschwertes Lachen und alles ausgefüllt mit großer Lebensfreude. Später sein leeres Zimmer mit all seinen Sachen die er in seinen Händen gehalten hatte, alles wirkte noch warm, so als ob er demnächst durch die Tür treten würde und nach irgend einem Gegenstand greifen. Doch die Wärme verzog als sein Zimmer ausgeräumt und daraus ein Gästezimmer entstand. Die Möbel brachten Helligkeit entgegen, jedoch die Resonanz eisig kalt. Die Erinnerungen an Lars blieben für immer darin erhalten, wenn auch der Raum sich verändert hatte.

Der Wandel mit ziehenden Wolken zu vergleichen, aus Trauer wurden Erinnerungen und Katharinas Leben schritt voran. Sie verspürte ihre erste Verliebtheit und ein anderes Verlangen das auf all ihre Empfindungen Einfluss übte. Alles war fernab von Gut und Böse, alles wirkte fremd und musste erkundet werden. Die Neugier so groß und die Erfüllung geradezu unendlich. Möglicherweise war Markus auch nicht der richtige und trotzdem war er ihre Jugendliebe die auch nach dem endgültigen Aus eine gute Freundschaft verband. Markus und sie lagen oft verliebt im Gras das am schönsten war, wenn es sehr hoch gewachsen war. Die Halme strichen bei leichtem Wind am Körper und im Gesicht entlang, dazwischen Küsse und zärtliche Berührungen, inmitten einer rosafarbenen Welt. Es gab kaum einen Moment der etwas erschwerliches darstellte. Alles unbeschwert und vor allem so leicht schwebend wie eine gleitende Feder. Die Momente im hohen Gras hielten für sehr lange Zeit an. Es war als ob gerade dieser Moment die Gedanken nicht mehr loslassen wollte. Vielleicht war es aber auch die Kälte die Katharina deutlich spürte.

2

Die dunkle Nacht war inzwischen herein gebrochen und vermutlich sehnte sich ihr Körper nach Wärme, Geborgenheit und Erlösung von den Schmerzen, die inzwischen jedes Glied und jeden Nerv belasteten. Sie wirkten wie ein Netz das sich über dem ganzen Körper ausbreitete, die Sicht nach Außen ermöglichte, jedoch ein Entrinnen nicht möglich war.

Katharina kam allmählich wieder zu sich, es war inzwischen Dunkel. Sie sah um sich und dabei merkte sie erstmals, das sie sich fast gar nicht mehr rühren konnte. Vermutlich hatte sie sich weitere Verletzungen zugezogen und auch noch eine Rippe gebrochen, die sich allmählich in die Lunge bohrte, was dann das hartnäckige Stechen beim Atmen erklären konnte. Aber Kathrin wollte nicht mehr darüber nachdenken, sondern lieber wieder in die schönen Momente der Vergangenheit zurückkehren. Doch etwas wehrte sich in ihrem Inneren dagegen. Was auch immer es war, es wollte das sie ihr Bewusstsein behalten sollte und den Drang zum Überleben nicht in den Sand setzte. Alles war in der Vorstellung so einfach und dennoch in der Wirklichkeit schwer in die Tat umzusetzen. Wie sollte man sich an etwas orientieren, wenn man keinen Ausweg oder eine Lösung in Erwägung ziehen konnte. Schreien war sinnlos und verschwendete nur Kraft, die der Körper jetzt am meisten brauchte. Ringsum hatte das Vogelgezwitscher aufgehört, statt dessen wurden Diese jetzt durch andere Geräusche ersetzt. Zum Teil wirkten Diese gespenstisch und Furcht einflößend. Hin und wieder rief ein Kauz in die Dunkelheit, Äste knisterten stärker, als ob ein Feuer irgendwo entfachte. Alles war lauter als am Tag, dazwischen nahes Scharren, was die Situation nicht besser werden ließ. Jeder Blickwinkel schwarz, man musste sich auf das Gehör verlassen und das wiederum ersetzte nicht die Sicht. Man hätte in diesem Wald keinen Fuß vor den anderen setzen können, die Nacht wirkte darin wie eine Mauer, man sah nichts, man erkannte nichts und keine Gefahr. Der Puls stieg merklich, das Herz raste und währenddessen verschwanden die Schmerzen, als ob irgendetwas diese ausgemerzt hätte. Aber sie waren nicht weg, Angst übermannte jede Empfindung und in Gedanken existierten Horror Vorstellungen.

Wie viele Stunden waren vorangeschritten, sie hatte noch im

mer keinen Hunger oder Durst, aber ihr war fürchterlich kalt. Der Wagen war nicht mehr zu sehen und jetzt bei Dunkelheit ohnehin nicht. Der Benzingeruch war nicht mehr zu vernehmen, also konnte er sich nicht mehr in der Nähe befinden. Sie konnte in unmittelbarer Nähe liegen oder weit entfernt. Etwas wurde allmählich immer stärker und setzte sich zwischen Angst, Schmerzen und nächtlicher Kälte am meisten durch - die Hoffnung auf Rettung zu verlieren. Ohne Regung, nur langsam den Kopf bewegen und mit den Augen umsichtig die Dunkelheit erforschen. Katharina konnte nichts erkennen, sie erblickte weder den Wagen, noch den Schein des Mondes oder den Himmel. Dazwischen plötzliches Geheul eines Wolfes, das weiter weg zu sein schien und ein näher kommen von irgendetwas, das bestimmt nicht auf der Suche nach einem Schlafplatz war. Katharina schloss ihre Augen und hoffte diese Nacht zu überleben. Irgendwie schien alles nur noch in Etappen abzulaufen und Zeit spielte dabei keine Rolle mehr.

Sie erwachte als der Tag bereits begonnen hatte. Alles war wie am Tag davor, die Vögel, die Bäume und das Dickicht um sie herum, welches sie umrang, dennoch nicht ganz von der Umgebung abschirmte.

Jetzt spürte sie langsam wie trocken ihr Mund und ihre Lippen waren, zugleich das flaue Gefühl im Magen, das mehr und mehr einen Hungerschmerz auslöste. Ständig Bilder die nur noch alle möglichen Varianten von Nahrung und Getränken signalisierten. Die bloße Vorstellung daran war innerliche Folter die quälend auf etwas hinwies was im Moment unerreichbar war. Katharina hatte bisher nie Hunger oder Durst verspüren müssen, es war alles immer vorhanden und nie stellte sie sich die Frage, wenn es einmal nicht so wäre. Mit ihrer Zunge versuchte sie die Lippen zu befeuchten, aber auch das war nur vorübergehend eine Lösung. Sobald sie feucht waren, wirkten sie im nächsten Moment wieder trocken und ausgedorrt wie in der brennenden Sonne einer Wüste. Ständig versuchte sie sich an etwas anderes zu besinnen, aber es gelang ihr nicht. Verbissen, ja geradezu krampfhaft begann sie ihre Sinne auf die Schmerzen zu lenken, was nicht gerade besser und dennoch effektiver erschien. Durch die wiederkehrenden Schmerzen stellte sich der Hunger ein und durch die Schwäche des Körpers, nahm er auch wieder die Kälte allseitig wahr.

Erst später verlor sie erneut ihr Bewusstsein. In ihrem Gedächtnis herrschte eine Leere wie nie zuvor, aber alles friedlich und vor allem hell, fernab von jeder abgründigen Dunkelheit. Solch einen hell leuchtenden Ort hatte sie noch nie vernommen. Überall wo sie hinsah war es beschaulich. Aber kein genauer Anhaltspunkt wo sie sich befand, kein Lebenszeichen oder ein annäherndes Zeichen eines anderen Menschen. Sie schien völlig allein - Angst, Hoffnungslosigkeit und Schmerz waren vertrieben. Sie stand auf beiden Beinen, inmitten diesem geheimnisvollen Ort den sie plötzlich verließ. Da war es wieder das Vogelgezwitscher und leises Rauschen vom Geäst der Bäume.

Als sie wieder erwachte war die Nacht fast vorüber und ein neuer Tag begann. Die Sonne schien nur vereinzelt und trotzdem wirkte alles eher grau und regnerisch. Das Bein, als auch die Brust schmerzten nach wie vor. Jeder Atemzug eine Qual und der Drang nach Hilfe immer stärker. Während sie in die leicht durchdringenden Sonnenstrahlen sah, die durch den Bäumen hindurch kamen, wurde sie das Gefühl nicht los, dem Jenseits näher zu sein als dem Leben. Sie konnte sich nicht mehr direkt an diesen geheimnisvollen Ort erinnern, aber Bruchteile davon kehrten in ihr Gedächtnis zurück. Vielleicht war es eine Fiktion oder der Beginn eines neuen Anfangs.

»Ich habe noch nie um etwas gebeten, aber wenn es eine höhere Macht gibt, so bitte ich sie um endgültige Erlösung. Ich bin verloren, hilflos und... ach, diese Schmerzen, diese Pein. Meine Schuld kann und werde ich nicht leugnen, aber ich sehne mich nach einem Ende. Durst... ich, ach ich habe Durst.« Schmerzen, Schweißausbrüche und immer häufig wiederkehrende Kälteschübe herrschten über ihren Körper, ihre Stimme war schwach. Sie schwebte zeitweilig in einer Welt, die der Übergang in eine andere Dimension bedeuten konnte, aber sie wollte nicht dorthin gelangen. Sie wusste das es von dort kein zurück mehr in ihre Welt gab. Jeder Schritt dahin entfernte sie mehr und mehr aus ihrem Körper und die Kraft, für ihr Leben zu kämpfen.

Sie versank wieder in einen tiefen Schlaf, der die ganze Macht über ihren Körper gewann. Später erwachte sie wieder, als große Regentropfen auf ihr Gesicht buchstäblich nieder prasselten.

»Wasser! Wasser! Endlich Wasser!«, rief sie mit all ihren Kräften die sie noch aufbringen konnte und brachte in jenem Augenblick noch ein kleines Lächeln zustande, was sofort wieder verblasste. Überall kam der Regen herunter und die Bäume sowie der trockene Boden nahmen ihn willkommen auf. Das ganze Wasser versickerte im Waldboden oder perlte, wie Morgentau, an den Blättern der Bäume und Buschwerk ab. Katharina versuchte ihren Kopf unter einem Busch von großen Blättern zu legen, damit durch den Regen ihr Haar nicht allzu nass wurde. Dieses Vorhaben war wohl eine menschliche Schutzreaktion, die allerdings in jener Situation sinnlos erschien. Nachdem sie es vergebens versuchte, waren auch ihre Haare und ihre Kleidung bis auf die Kopfhaut durchnässt. Doch sie nahm es nur noch wie einen Schleier wahr. Sie versuchte die Tropfen auf dem Blatt des Astes der über ihr hing, in den Mund gleiten zu lassen, was gelang. Es war ein wundervolles Empfinden, dieses nasse Gefühl und der frische Geschmack des Regens, aber durch die Verletzung eben reichlich mühsamer. Der Durst war nicht mehr so stark und zunächst sollte das auch nicht mehr Katharinas größte Sorge sein. Sie nahm kaum noch ihre Situation wahr; ihre Sinne schwankten zwischen nervlicher Anspannung und aufkommenden Einbildungen, die nur in ihrem Gedächtnis existierten. Sie begann zeitweilig zu lachen und im nächsten Moment wieder zu weinen. Vorwürfe beherrschten ihre Gedanken, nur hatte sie kaum noch Kraft diese auszusprechen oder sich selbst an den Kopf zu werfen. Schweigend vegetierte sie fortan vor sich hin und gab sogar fasst den Kampf um ihr Leben auf. Doch eines wusste sie noch immer, dieses

Land war zu groß um darin zu sterben, bevor man es überhaupt kennen gelernt hatte. Das war wohl noch immer ein Anzeichen dafür, das der Lebensfunke in ihr nicht erlosch, sondern noch immer loderte.

Der Regen hörte nach Stunden auf und alles roch frisch. Dichter Nebel lag über dem Waldboden und die Sicht wurde nur wenige Meter weit ermöglicht. Katharina erwachte, ihre Kleidung stark durchnässt. Von den Blättern des Gebüschs perlten noch immer Tropfen herunter und auch sonst überall hingen Regentropfen an Geäst, Büschen und Blättern. Auf einmal wieder Kälteschübe und ihr ganzer Leib begann zu zittern. Ihre Lippen bewegten sich dabei von selbst und sie hatte überhaupt jede Kontrolle des Körpers verloren. Ihr Körper steif, wie in einem Eisklotz eingebettet. Nur ihr Kopf war beweglich geblieben und versuchte die Umgebung erneut zu erkunden. Die Augenlieder fielen dabei ununterbrochen zu und ließen sich nur sehr mühevoll öffnen. Der Kampf nicht ausgestanden und die Ungewissheit blieb bestehen wie lange es, bis zum Sieg, noch dauern sollte.

Die Stunden gingen dahin, jede Minute folgte der anderen und alles was jetzt noch zählte, war nicht den Glaube an Hoffnung zu verlieren. Aber wie sollte man das realisieren, wenn die Aussicht geradezu hilflos war? Unsinnig jeder Gedanke der ein verwirrendes Happy End prophezeite. Es gab kaum Chancen zwischen dichtem Grün, Ästen sowie Zweigen gefunden zu werden, da der Wagen schon mehrere Meter in die Böschung stürzte und inmitten von Geäst und Büschen begraben lag. Es war sogar in Frage zu stellen, ob man den verunglückten Wagen von der Straße aus, überhaupt sehen konnte. Wenn nicht, so war jeder positive Gedanke, alle Hoffnung und herannahende Hilfe aussichtslos. Es gab keine Aussicht, dass jemand durch Zufall zu dieser Böschung hinunter sah. Wieder erneutes Warten und ein Klammern an etwas, was einen bereits loslassen wollte. Die Gedanken kannten keine Tatsache mehr. Wirr und jegliche Empfindung konnte als Fiktion bezeichnet werden. Die Sinne schwankten zwischen Himmel und Hölle, Gut und Böse und

wurden hin und her gerissen von Höhen und Tiefen. Es waren Träume die alles langsam und nah abzeichneten. Die Gedanken, die einst klar und deutlich Schmerz, Freude und Angst signalisieren konnten. Aber jetzt war alles zu einem Cocktail vermixt und schien reine Phantasie, welche die vergangene Realität eigenartig umsetzen konnte. Dazwischen plötzlich Helligkeit, die neue Klarheit über die momentane Situation verschaffte, wenn auch diese nur für Sekunden andauerte und dann wieder wie ein Schatten aus dem Licht, in der Dunkelheit verschwand.
Die Umgebung veränderte sich wieder. Der Tag neigte sich dem Ende entgegen und die lange Nacht brach herein. Wieder rief der Kauz im Wald, viele Geräusche kamen auf, die am Tage nicht vernehmbar gewesen waren und blanker Schauder umwob den hilflosen Körper. Das waren Mächte, die am Tag verborgen blieben. Am Tag das Licht, das Leben signalisierte, alles erblühen ließ. Die Nacht dagegen konnte vieles verstecken und unsichtbar erscheinen lassen. Das Gefühl verlassen zu sein, prägte sich und brannte sich immer tiefer in das Bewusstsein ein. Katharina konnte Unterschiede kaum noch auseinander halten. Sie wimmerte und fror langsam vor sich hin, bis sie einschlief und das Bewusstsein sein Verwirrspiel fortsetzte. Jedes Zeitgefühl verschwand und wurde von Erschöpfungszuständen unterbrochen.

3

Die Nacht ging und der Morgentau perlte auf dem Blätterbusch ab. Katharina schlug ihre Augen auf und sah wieder Sonnenstrahlen die zwischen den Bäumen hervorkamen, entgegen. Sie unterbrachen die schattige Seite des Waldes und gaben ihr Licht, welches das Grün heller und den Tau wie Silberglanz erscheinen ließ.
Inmitten diesem idyllischen Bild, ein Schatten der näher und näher kam. Er bewegte sich langsam und in einer aufrechten Silhouette voran. Es war eine Fiktion, blinde Täuschung des

Unterbewusstseins, das nur darauf wartete endlich Erlösung zu finden. Dort gab es nichts, weder ein Schatten noch irgendetwas, das näher kam. Aber es kam näher - deutlich näher. Das Gesamtbild verschwamm und wurde unkenntlich, die Farben wirkten viel dunkler, als ob man in einem See tauchte und Schlamm aufwirbelte, der die Sicht nach und nach erschwerte. Die Fiktion schien weiter ihr Unwesen zu treiben und lieferte das Bildnis einer menschlicher Gestalt, die direkt auf sie zulief. Aber diese Gestalt bewegte sich nur langsam voran. Es konnte sich um Hilfe handeln und zudem ein glücklicher Zufall sein. Katharinas Gedanken waren wie ein Puzzlespiel vermischt das nicht der Reihe nach zusammengesetzt werden konnte. Sie hatte einen unerträglichen Blutgeschmack im Mund, den sie durch mehrmaligem Speichel ausspucken loswerden wollte. Erst hatte sie kaum Feuchtigkeit im Mund und jetzt hatte sie plötzlich reichlich davon. Nachdem sie ihren Blick geradezu zögernd auf den ausgespuckten Speichel richtete, entdeckte sie Blut. Hatte sie sich an den Lippen verletzt? Nein es war Täuschung - ein Trugbild der Geschmacksnerven und ihres Sehvermögens.

Doch für weitere Überlegungen waren ihre Sinne zu schwach. Sie legte ihren Kopf zur Seite und verfolgte die menschliche Gestalt, die auf sie zukam und plötzlich wieder aus ihrem Blickfeld verschwand. Also doch nur ein Traum, eine Fiktion die wieder in ihren Gedanken herrschte und die Realität zu überspielen versuchte.

Katharina verlor erneut, wenn auch nur für kurze Zeit, ihr Bewusstsein. Es wahr eigenartig wieder der geheimnisvolle Ort, kein Traum, keine Leere nur friedvolle Umgebung und eine Ruhe die sonst nirgendwo auf dieser Welt herrschte. Das war gewiss die andere Seite, das Paradies, von welchem viele sprachen aber nie sahen.

Auf einmal wieder im Hintergrund das Gezwitscher der Vögel, das Rauschen der Bäume und ein Schatten. Er bahnte sich zwischen die Sonne, das Wälderrauschen und dem Vogelgesang. Seine Erscheinung - unerkannt und verzerrt wie auf einem de fekten Videoband. Katharina zwinkerte mehrmals mit ihren Augen um etwas Klarheit in ihren Blick zu bekommen. Aber der Nebel blieb und das verschwommene Gesamtbild ließ keine Aufklärung zu. Wenig später sah sie diesem Schatten in die Augen. Es war ein Mann um die vierzig, möglicherweise auch älter. Er hatte langes, glattes schwarzes Haar, das an den Schläfen etwas zu ergrauen begann und im leichten Wind wehte. Sein Blick starr auf sie gerichtet, eher etwas erforschend, als ob er noch nicht oft jemand verletzt am Boden liegend gesehen hatte. Katharina versuchte sich aufzurichten, was die Schmerzen jedoch nicht zuließen. Dieser Fremde verhinderte es, indem er sie an den Schultern auf den Boden presste, dabei sprach er jedoch nichts. Schweigend verrichtete er seine Arbeit und erst jetzt bemerkte Katharina, das ihr Bein notdürftig geschient war. Obwohl ihre Sinne für wenige Augenblicke wieder klarer wirkten, so überkamen sie im nächsten Augenblick wieder Zweifel. Schweißperlen standen ihr auf der Stirn und ihr ganzer Körper schien glühender Hitze ausgesetzt. Es war eigenartig, sie begriff kaum was um sie herum geschah der seltsame Fremde hatte wohl vor, sie von diesem einsamen Ort weg zu transportieren. Er vergewisserte sich mehrmals, dass das Bein geschient war und tastete vorsichtig ihren Oberkörper ab. Er blickte in ihre Augen und schien die Pupillen zu überprüfen, jeder seiner Handgriffe war professionell. Danach hob er sie mit einem gewaltigen Ruck nach oben und trug sie davon. Katharina schrie vor Schmerzen und versuchte verzweifelt gegen diese anzukämpfen, doch ihn kümmerte das nicht. Schweigend ohne ein tröstendes Wort lief er mit ihr in den Armen weiter durch den Wald zu einem Pick-up, der etwas weiter weg geparkt stand. Jeder seiner Schritte war für Katharina eine unendliche Qual. Er blieb schweigsam, sein Gesichtsausdruck ohne Miene als er beim Pick-up ankam. Daraufhin legte er sie vorsichtig auf die Ladefläche die nur aus Holzlatten bestand und deckte Katharina anschließend mit einer Decke zu, die ordentlich nach Pferd roch. Danach stieg er in Diesen ein und fuhr mit beachtlich lautem Motor davon. Der Motor klang beschwerlich, als ob er nur schleppend vorankam. Langsam fuhr er durch den Wald und kleines unauffälliges Gebüsch, sowie Geäst hatte gegen diesen Allradantrieb keine Chance, sie walzten alles im Schritttempo nieder. Irgendwann bog er in eine Straße ein die weiter in diesen Wald entlang führte, ebenso ungeteert wie die andere, auf welcher Katharina verunglückt war. Die Bäume wirkten während der Fahrt wie eine grüne Linie, die beinahe als etwas Ganzes zu betrachten war. Ihre Dichte ließ nicht nach, jeder Baum stand kräftig massiv neben dem anderen.

Sie wusste das jetzt endlich dieser Überlebenskampf vorüber und sie bald erfahren würde wer dieser Fremde war. Katharina konnte sich keine Gedanken mehr darüber machen. Ihre Sinne schwankten zwischen hell und dunkel, eine Welt in der furchtbares mit Lieblichkeit und augenblicklicher Situation vermischt wurde. Undeutliche Sinnbilder, verwirrte Gefühle die sie immer wieder in Ängste trieben. Sie lehnte sich schweißgebadet an die Kante der Ladefläche des Pick-up, alles lief wie in einem Filmwerk ab. Jede Szene ein anderes Bild und dazwischen eine von Furcht umgebene Tiefe, dessen wahrliche Situation nicht mehr einzuschätzen war.

4

Irgendwann hielt der Wagen. Katharina musste wenige Minuten, möglicherweise auch für Stunden in Bewusstlosigkeit gefallen sein. Wie ruhig auf einmal alles war, kein lärmender Motor mehr und das störende Geschaukel der unebenen Straßenfläche. Sie vernahm keine Stadt oder Stimmen von dort lebenden Menschen. Sie hörte oder sah auch nicht mehr den Fremden. Plötzlich wurden wieder Zweifel wach, ob es überhaupt ein Mann gewesen war, der sie in dem Wald fand. Katharina wollte sich instinktiv aufrichten aber sie konnte sich nicht einmal regen. Dann blickte sie aus dem nichts erneut in das Gesicht des Mannes der sie wieder beobachtete. Dabei regten sich weder seine braunen Augen, noch bewegte er seine Lippen zu einem freundschaftlichen Lächeln. Sein Gesichtsausdruck blieb starr und unpersönlich. Er lehnte sich auf die Ladefläche des Pick-up und strich Katharina eine Haarsträhne aus dem Gesicht, danach zündete er sich eine Zigarette an und rauchte Diese in aller Ruhe. Währenddessen wendete er seinen Blick nicht von ihr ab, sondern sah ihr in die Augen. Im Allgemeinen betrachtete er sie prüfend und versuchte sie angeblich kennen zu lernen. Doch sein Schweigen verursachte in Katharina Angst und Zweifel. Er rauchte seine Zigarette zu ende und machte anschließend die Laderampe des Wagens herunter. Danach stieg er gewandt zu ihr und hob sie währenddessen mit einem Ruck hoch, um sie in ein gegenüberliegendes Blockhaus zu tragen, welches in diesem Augenblick erst in Sicht trat. Dabei vergaß sie all ihre guten Benimmregeln, sie schrie und stieß zum ersten Mal auch einen lauten Fluch aus. Die Schmerzen brachten sie beinahe zum Erbrechen und um sie herum drehte sich alles wie in einem Karussell, es war wohl gut, dass sie nicht gegessen hatte, sonst wäre es wohl jetzt unweigerlich herausgekommen. Doch ihn interessierte das wenig, er schien nur das zu machen was er tun musste. Ihre verzweifelten Schreie ließen ihn kalt, kalt wie ein Psychopath der sein Opfer quälend sterben sah - ohne Gefühle und Worte die ihr etwas Mut, Trost und Beruhigung zugesagt hätten. Er trug sie in das Blockhaus dessen Haustür offen stand. Er lief den Gang darin weiter, bis er am Ende einen Raum betrat, der einer Klinik gleich kam, nur das die Wände alle mit dunklen Holzlatten verschalt waren. In diesem Raum stand ein Bett, mit einer Wolldecke und einem großen Kissen. Am Kopfende eine Art Tischschrank in weiß, mit drei untereinander liegenden Schubladen. Oben drauf stand eine Schüssel mit einem Krug daneben. Vermutlich eine Waschschüssel die zum Hände waschen dienen sollte. Neben dem Bett stand ein längerer Tisch auf welchem unzählige Flaschen und eine nierenförmige Schüssel mit Gummihandschuhen darüber gelegt, standen. Manche Flaschen waren halbvoll, andere leer.

Er legte sie langsam auf das Bett und deckte sie zunächst mit der Bettdecke zu. Nachfolgend nahm er den Krug und goss etwas Wasser in die Schüssel. Er tränkte ein Tuch mit Wasser und legte es ihr auf die Stirn. Danach lief er zu dem Tischschrank und bereitete irgendetwas vor. Er machte alles langsam ohne Hektik. Schnelligkeit hatte er vermutlich nie kennen gelernt und nach seinem Verhalten zu urteilen, war er Einsamkeit gewöhnt, möglicherweise sogar ein Einzelgänger. Aber wer war er? Sein Verhalten war nicht mit Zurückhaltung oder Schüchternheit zu beschreiben. Aber irgendetwas musste ihn zu dieser Schweigsamkeit gebracht haben. Im Allgemeinen war seine Hautfarbe bräunlich, sein gesamtes Erscheinungsbild fremd und ohne Sympathie. Irgendwann trat er vor Katharina und hielt ihr ein Tuch mit eigenartig, stechendem Geruch unter die Nase, worauf sie sofort ihr Bewusstsein verlor. Was danach geschah konnte sie nicht mehr nachvollziehen.

Sie erwachte in einem anderen Zimmer, das sie zuvor nicht vernahm. Die Augenlider wollten überhaupt nicht aufgehen und obwohl Katharina den beachtlichen Drang verspürte die Umgebung zu erblicken, so musste sie zunächst nur ihrem Hör- und Geruchssinn folgen. Um sie Geräusche die von unterschiedlichen Dingen verursacht wurden. Zum einen vernahm sie hin und wieder das Abstellen einer Tasse auf eine Untertasse. Hinzu kam das Blättern von irgendwelchen Seiten eines Buches oder Zeitschrift. Dann ein paar Schritte und wieder Ruhe, sowie erneutes an und absetzen der Tasse. Und dann etwas, was ihr von zu Hause sehr bekannt vorkam. Das Knistern von brennendem Holz in einem Kamin. Es kam aus unmittelbarere Nähe und verbreitete eine angenehme Wärme im gesamten Raum. Erst jetzt erforschte Katharina das weiche Kissen und die warme Steppdecke. Noch immer fiel es ihr nicht leicht die Augen zu öffnen und dennoch konnte sie jetzt schon zwinkern und in ein verschwommenes Licht sehen, das zunehmend deutlicher, später völlig klar wurde. Es war eine Lampe die von der Decke herunter hing. Der Lampenschirm aus Bast, der ein wenig aus gefranst war. Darunter ein einfacher Holztisch in beige und darauf stand tatsächlich eine Tasse. Daneben saß der Mann und lass in einem Buch, dabei hatte er seine Füße auf einen anderen Stuhl gelegt, über dessen Lehne auch ein dunkelblaues kariertes Holzfällerhemd gelegt war. Er trug ein gelbes T-Shirt und eine verwaschene Bluejeans. Katharina betrachtete weiter diesen Raum und merkte das es draußen wieder dunkel war. Die Nacht begleitet von Sternen klarem Himmel und der Mond zu einer halben Sichel geformt. Noch eine Weile sah sie in die klare Nacht hinaus und dabei merkte sie, das die Schmerzen merklich nachgelassen hatten, aber ein starker Verband um ihren Leib gebunden und ihr Bein bis über das Knie in Gips gehüllt war.

Anschließend blickte sie wieder zu diesem seltsamen Fremden der noch immer im Buch lass und in aller Ruhe etwas dazu trank. Jetzt bekam sie Durst und jetzt fiel ihr wieder ein, dass sie seit ewiger Zeit nichts mehr getrunken oder gegessen hatte. Sie wagte es nicht, sich bemerkbar zu machen. Zunächst wollte sie weiter die Umgebung erforschen und dennoch ließ sie der aufgekommene Durst an allem hindern und sogar die Schwelle von Angst überwinden. Sie versuchte sich zu regen und wendete ihren Kopf zu ihm. Aber er wendete seinen Blick nicht vom Buch ab, sondern lass darin weiter. Sie sah ihm direkt in das Gesicht und hoffte damit seinen Blick auf den ihren zu lenken. Wie aufmerksam er in dem Buch las. Er schien darin richtig vertieft zu sein. Er merkte nicht einmal, dass sich Katharina bewegte und dabei das Bettgestell laut knarrte. Aber seinem Verhalten nach zu urteilen, wäre es auch nicht unbedingt ein Wunder, wenn er taub wäre oder zumindest schwer hörte. Während sie ihn betrachtete, fiel ihr die große breite Schulter auf, die Muskeln und kräftigen Oberarme. Hinzu kam sein langes Haar, das fasst die ganze Schulter hinunter reichte. Es glänzte im Schimmer des Lichtes und immerzu fiel eine Strähne in das Gesicht. Nur langsam strich er sie immer wieder hinter sein Ohr und nahm meistens danach einen Schluck von dem Getränk, das sich in der Tasse befand. Insgesamt wirkte er groß und musku lös, was Frauen eigentlich beeindrucken konnte. Doch etwas war an ihm, was Katharina in Beunruhigung versetzte. Sie schloss nach einiger Zeit wieder ihre Augen und versuchte ihren Durst zu unterdrücken. Sie öffnete wieder ihre Augen und auf einmal sah sie ihm direkt in die Augen. Er kniete direkt vor dem Bett und betrachtete sie mit einem erkundenden Blick.

»Ich habe Durst. Ich habe großen Durst,« sagte Katharina und zeigte langsam auf ihren Mund. Daraufhin stand er auf und holte eine Art Flasche vom Tisch, aus welcher sie viel leichter trinken konnte. Er musste gewusst haben das sie nach dem erwachen Durst verspüren würde. Dennoch sagte er nichts, sondern ging einfach ihrer Forderung nach und gab ihr kurz darauf zu trinken. Dabei hob er vorsichtig ihren Kopf und stützte diesen mit seinem Unterarm ab. Er wusste genau wie viel ein Schluck aus dieser Flasche war, denn sie musste mit keinem Schluck kämpfen oder diesen schnell hinunterschlucken. Er machte alles langsam und bedacht, damit sie sich nicht verschlucken konnte. Das Getränk schmeckte erfrischend fruchtig nach Tee und ungesüßt. Nachdem sie getrunken hatte, legte er ihren Kopf behutsam auf das Kissen zurück und deckte sie wieder ein wenig mit der Bettdecke zu. Erstmals wirkte sein Blick anders, nicht unbedingt freundlicher, aber seine Augen bewegten sich mehrfach hin und her, als wollte er diese für sich sprechen lassen. Danach strich er sich erneut die Haarsträhne aus dem Gesicht und ging wieder zu seinem Platz zurück. Nachdem er sein Buch in den Händen hielt, sah er in das Feuer und bevor er sich wieder setzte, legte er noch etwas Feuerholz im Kamin nach. Dabei hielt er das Buch in der einen Hand und mit der Anderen widmete er sich dem Feuer. Jeden Schritt, jede Bewegung, alles was er machte, ging mit einer beachtlichen Ruhe voraus. Er wirkte ausgeglichen und machte einen zufriedenen Eindruck. Bis auf sein Verhalten, konnte er möglicherweise auch ein sympathischer Mensch sein. Er kehrte zu seinem Platz zurück und setzte sich auf den Stuhl. Er sah jedoch nicht mehr zu Katharina hinüber, sondern schenkte jede Aufmerksamkeit dem Buch. Katharina blickte noch lange zu ihm, bis sie irgendwann eingeschlafen war.

Erst am folgenden Tag erwachte sie, als die Sonne bereits am Himmel stand. Sie sah direkt in ihre grellen Strahlen und vernahm das Kreischen eines Adlers oder Habichts, den sie nur hörte jedoch nicht sehen konnte. Das Fenster war gekippt und frische Luft wehte ein wenig in den Raum. Alles war hell, einfach frischer und nicht mehr so harmonisch wie am Abend zuvor. Das Feuer im Kamin erlischt, nur die Asche lag noch darin. Auf dem Tisch stand noch immer die Kanne und die Tasse, daneben ein Tablett mit etwas darauf gestellt. Katharina versuchte es zu erblicken, aber sie konnte sich nach wie vor kaum rühren, da die Schmerzen sofort stärker wurden. Es war eigenartig, aber er kniete plötzlich an ihrem Bett. Lautlos und wie aus dem Nichts tauchte er auf. Sie hatte ihn nicht bemerkt, als er zu ihr herein gelaufen kam. Vielleicht war sie auch so sehr in Gedanken vertieft, dass sie ihn nicht hereinkommen hörte. Er starrte sie noch immer seltsam an und sprach kein Wort. Danach holte er ohne eine Aufforderung das Tablett, auf welchem ihr Frühstück angerichtet war. Etwas Brot mit Butter und dazu wieder das Getränk vom vorigen Abend. Nachdem sich Katharina aufrichten wollte, hielt er ihre Schulter fest und drückte sie sanft auf die Matratze zurück. Dann nahm er ein Stück Brot und reichte es ihr zu. Während sie den Bissen kaute und herunter schluckte, sah er zum Fenster hinaus. Aber er wusste immer genau, wann sie den nächsten Bissen essen konnte. So ging es bis das Brot von ihr aufgegessen war. Danach gab er ihr noch etwas zum Trinken und verließ anschließend mit dem Tablett, den Raum. Katharina folgte ihm mit ihren Blicken und sah danach wieder zum Fenster hinaus. Da kreiste noch immer der Greifvogel, der vermutlich auf Nahrungssuche war. Ab und zu stürzte er sich gewandt in die Tiefe, da er wahrscheinlich ein Opfer erspähte. Irgendwann wurde Katharina müde und schlief wieder ein. Als sie erwachte, vernahm sie ein Gespräch zwischen zwei Männern, nur die Sprache war weiter weg und des halb unverständlich. Kaum ein Wort verstand sie, aber die Stimmen kamen näher und näher. Kurz darauf wurde die Tür zu ihrem Zimmer geöffnet. Katharina schloss sofort ihre Augen und versuchte sich so gut es ging schlafend zu stellen. Während die Männer den Raum betraten, stellten sie ihre Unterhaltung ein. Katharina öffnete ihre Augen und erblickte einen wesentlich älteren Mann, der direkt neben ihrem Bett stand. Sein Haar stark ergraut, aber auch Schulter lang, kräftig und zu zwei Zöpfen geflochten. Die Kleidung ebenfalls bestehend aus einem Hemd und einer alten, verwaschenen Jeans. Er wirkte freundlicher und begann sofort zu lächeln, als ihn Katharina ansah. Er streichelte mit seiner Hand über ihren Kopf und nickte zuversichtlich.

»Du bist noch jung und deine Wunden werden gut verheilen,« sagte er zu ihr und lächelte. Seine Stimme wirkte überhaupt nicht alt und zudem klang sie sehr sympathisch. Katharina konnte in diesem Augenblick nichts erwidern. Doch sie versuchte wenigstens ein freundliches Wort zu finden das sie ihm entgegenbringen konnte. Aber so sehr sie sich auch anstrengte, es fiel ihr kein einziges davon ein. Deshalb begann auch sie zu lächeln und griff nach seiner Hand, um eine freundschaftliche Geste herzustellen. Er betrachtete sie dabei und hielt ihre Hand daraufhin noch eine Weile fest, bis sie den anderen Fremden entdeckte. Er sah schweigend zu beiden hinüber und brachte auf einem Tablett etwas zu Trinken und ein paar Kekse auf einem Teller.

»Schönes Mädchen, wie heißt du denn? Es ist besser, wenn man dich mit einem Namen ansprechen könnte, findest du nicht auch?« Katharina begann langsam mit ihrem Kopf zu nicken.
»Ich heiße Katharina, Freunde nennen mich Kathy.«

»Gut dann denke ich das du nichts dagegen hast, wenn wir dich auch Kathy nennen,« erwiderte er.
»Nein.«
»Hast du schmerzen?«
»Ja, und ich kann mich kaum rühren.«

»Das ist verständlich, du hast dein Schienbein und zwei Rippen angebrochen. Crying Hawk hat dich bereits medizinisch versorgt. Du hattest Glück das er dich fand, in deinem Zustand hättest du weitere Tage dort draußen nicht überlebt. Aber du bist jetzt in guten Händen,« erklärte der Alte und holte eine Tasse in welcher frisch gebrühter Kaffee war. Das ganze Zimmer roch danach und schon der Duft war herrlich.

»Wie heißt du?« Katharina sah ihn fragend an, als er wieder mit der Tasse an ihr Bett kam.

»Man nennt mich Little Wolf, aber wenn du willst kannst du mich John nennen. So nennen mich die Weißen.«

Sie nickte daraufhin lächelnd mit dem Kopf und versuchte etwas Kaffee aus der Tasse zu trinken, aber das Aufrichten fiel ihr sehr schwer und die Schmerzen wurden sofort wieder stärker. Daraufhin goss Crying Hawk etwas Kaffee aus der Kanne in dieselbe Flasche vom vorherigen Abend und gab sie John in die Hand.

»So Kathy, ich denke jetzt ist es besser, aber vorsichtig, der Kaffee ist sehr heiß.« Auch er legte geschickt stützend seinen Unterarm unter ihr Kopfkissen, so dass sie leichter trinken konnte. Sie trank langsam und es war eine direkte Abwechslung, nach dem fruchtigen Teegeschmack mal wieder Kaffee trinken zu können. Anschließend reichte er ihr einen Keks mit Creme Füllung zu den sie langsam aß. John nahm sich sehr viel Zeit für Katharina und trank erst gegen später etwas von seinem Kaffee. Crying Hawk saß am Tisch und aß ebenfalls von den Keksen, doch manchmal sah er zu John und Katharina und betrachtete beide mit prüfendem aber auch regungslosem Blick. Nachdem sie Kaffee getrunken hatten nahm Crying Hawk das Tablett stellte jede Tasse, sowie den Teller und die Flasche darauf und trug alles aus dem Raum. John blieb am Bett von Katharina.

»Dieses Gebiet nennt man das Tal des Adlers. Was wolltest du in der Einöde? Dort wo man dich fand ist nichts außer raue Wälder - aber keine Menschen.«

»Ich wollte dort nicht freiwillig hin, ich hatte einen Autounfall. Ich bin Urlauber und stellte mir das Land der unbegrenzten
Möglichkeiten ganz anders vor, wenn ich ehrlich bin.«

»Manche Vorstellung ist eben anders als die Realität und das
Unvorhergesehene.«
Katharina fiel das Sprechen nicht ganz einfach, ihr Kiefer ein
wenig gelähmt und eigenartig schwer. Aber sie konnte diese
Frage noch erwidern.

»Ich wollte doch nur einmal in diesem Land für wenige Wochen meinen Urlaub verbringen. Seit Jahren freute ich mich
darauf.«

»Du kannst dich nun auf deine Genesung freuen, denn die
Gesundheit ist das beste Geschenk, das einem Gott geben kann.
Versuch jetzt zu schlafen, denn Ruhe ist jetzt genau das Richtige für deinen Körper,« sagte er und streichelte ihr sanft mit der
Hand über ihre Wange. Katharina versuchte nicht mehr über
John's Worte nachzudenken. Dennoch wirkten sie beruhigend
und hoffnungsvoll. Er verließ den Raum und schloss die Tür
langsam hinter sich. Zunächst vernahm sie keinen Wortwechsel,
erst gegen später und inzwischen musste die Zeit ein wenig
vorangeschritten sein. Es war außerhalb des Hauses direkt neben dem gekippten Fenster. Anschließend hörte sie einen Motor
und wie kurz darauf ein Wagen davon fuhr. Es konnte nur
John's Wagen gewesen sein, da sich der Pick-up schwerer und
heulend wie eine kaputte Sirene anhörte, dieser dagegen leicht
und um einiges leiser.

5

Später kam wieder einer von beiden ins Haus zurück und direkt
zu ihr in den Raum. Es war Crying Hawk der nach ihr sah und
erstmals den Puls am Handgelenk kontrollierte.

»Kannst du meine Sprache nicht verstehen?«, fragte Katharina
etwas befangen und sah ihn dabei an.

»Doch.« Dabei klang auch seine Stimme nicht unsympa

thisch.

»Du bist so schweigsam, hat das einen Grund?«

»Ja.«

»Liegt es an mir?«

»Nein.«

»Willst du über dein Problem sprechen?«

»Nein.«

»Manchmal tut es aber gut.« Katharina sah ihm während der Unterhaltung stets in die Augen und er ging unterdessen seiner Arbeit nach, indem er ein paar Tabletten aus einem Glasröhrchen abzählte und von einem kleinen Fläschchen mehrere Tropfen auf ein Zuckerstück tropfen ließ. Ohne Aufforderung schob er ihr dieses in den Mund, das den Geschmack von Baldrian hatte. Katharina konnte etwas mehr sprechen und das Gefühl von Schwere hatte nachgelassen. Anschließend gab er ihr noch die Tabletten und wollte den Raum verlassen.

»Warte! Bist du Arzt?«

Er drehte sich zu ihr und zögerte zunächst mit einer Antwort, dann erwiderte er, »ja.« .

»Musste ich deshalb nicht in ein Krankenhaus?«

»Ich denke schon.« Seine Antworten waren kurz und nachdem er ihre letzten Worte erwiderte, verließ er den Raum.

Was auch immer er ihr für Medikamente gab, diese linderten die Schmerzen und riefen eine große Müdigkeit hervor. Katharina schlief bald tief und fest und erwachte erst am Abend, als das Feuer im Kamin brannte. Er saß wieder am Tisch und dennoch las er diesmal nichts im Buch, sondern sein Blick war direkt auf sie gerichtet. Entspannt saß er mit gekreuzten Beinen auf dem Stuhl. Katharina sah zu ihm und lächelte. Er verzog jedoch keine Miene und begab sich zu ihr. Erst jetzt merkte sie das er den Verband um ihren Leib neu wechselte, seine Farbe war braun und nicht mehr weiß. Er fühlte wieder den Puls und betrachtete dabei ihren ganzen Körper der nicht mehr zugedeckt war. Außer dem Verband war sie nur noch mit einer Unterhose bekleidet, die jedoch ihr gehörte und die aus ihrem Koffer stammte. Diese Blicke waren typisch für einen Mann und obwohl er zurückhaltend wirkte, so vermochte er in diesem Moment wie jeder andere Mann dieselben Gedanken zu hegen.

»Du hast meine Kleidung, den Koffer gefunden?«, fragte sie noch etwas benommen.

»Ja.«

»Dann weißt du also von dem Unfall?«

»Ja.«

Katharina drehte daraufhin ihren Kopf zur Seite und hielt ihn an der Hand fest.

»Hör zu, dein Schweigen versetzt mich in Angst. Es wäre mir lieber, wenn du wenigstens ein bisschen mit mir reden würdest. Es hilft, wenn man miteinander spricht. Ich... ich... dieses Schweigen bedeutet für mich Ungewissheit.«

Wortlos sah er sie an und wendete seinen Blick auf ihre Hand, die seinen Arm fest hielt.

»Ich weiß nicht... ich muss, nein ich... sollte mich allmählich mal zu Hause melden. Hast du ein Telefon?«

»Ja.«

»Kann man damit nach Europa telefonieren?«

»Hmh?«, gab er Achsel zuckend zur Antwort und verschwand für einen Moment aus dem Raum. Er kam jedoch bald zurück, mit einem Telefon in der Hand. Die Schnur war lang und das Freizeichen ertönte. Katharina probierte es sofort aus und dennoch hatte sie keinen Erfolg. Die Leitung wurde nach eigenartigen Signaltönen unterbrochen.

»Keine Verbindung. Kannst du hier irgendwo ein Telegramm wegschicken?«

Daraufhin nahm er das Telefon wieder weg und verließ erneut den Raum. Etwas später kam er wieder mit einem Notizblock und einem Bleistift, der oben völlig zerbissen war.

»Sag den Text,« sagte er plötzlich und hielt den Block sowie den Stift diktier bereit in seinen Händen.

»Gib mir den Block, ich kann besser auf meiner Sprache schreiben, einverstanden?«

»Wo kommst du her, welche Sprache ist deine Muttersprache?«

»Schweden, ich komme aus Schweden. Ich spreche schwedisch.«

Er reichte ihr augenblicklich den Block zu und verzog abermals keine Miene, »hier,« sagte er kurz und beobachtete wie sie darauf ihre Mitteilung schrieb. Das Schreiben ging einigermaßen auf dem Block und dennoch hatte sie das Gefühl, dass ihre gewählten Sätze nur daraufgekritzelt waren. Sie konnte nicht beschreiben warum, aber sie fühlte, dass das Telegramm wohl nicht ihre Eltern erreichen würde. Dieses Gefühl verbreitete in ihr irgendwie Unruhe und Angst.

»So, fertig,« sagte sie zu ihm und betrachtete ihn. Er erwiderte nichts, sondern nahm das Blattpapier, faltete es zu zwei Hälften zusammen und steckte es in seine Brusttasche seines Holzfällerhemdes.

Danach zündete er sich eine Zigarette an und betrachtete Katharina erneut und das ganz langsam von oben bis unten. Dieser Blick war nicht mehr prüfend eher leidenschaftlich. Katharina fühlte sich sichtlich besser und wenn sie sich nicht großartig bewegte, ging es ihr sogar hervorragend.

»Du redest wohl überhaupt nicht viel, oder?«

»Nein.«

»Das gibt mir das Gefühl, das du lieber alleine wärst.«

»Wirklich?«

»Ja.«

Zum ersten Mal begann er zu lächeln und kam etwas näher an ihr Bett. Er ließ den letzten Zug seiner Zigarette langsam aus seiner Nase gleiten und setzte sich danach auf den Bettrand direkt neben sie. Er streichelte mit seiner Hand allmählich an ihrem Kinn entlang und rauchte währenddessen die Zigarette zu ende. Allerdings sprach er dabei nicht sondern betrachtete sie weiterhin.

»Kommt John bald wieder zu uns?«

»Morgen.«

»Ist er dein Freund?«

»Ja.«

»Ich finde ihn nett, aber er spricht mit mir und gibt mir das Gefühl das er mich versteht.«

»Verstehen ist nicht alles,« erwiderte er und begann langsam mit seiner Hand ihren ganzen Körper zu ertasten. Was auf der einen Seite wie Leidenschaft aussah, konnte auf der anderen auch einen medizinischen Sinn ergeben.

»Hast du schon eine Freundin gehabt?«

»Ja.«

»Mein Freund konnte nicht mit mir hier her fliegen, er musste arbeiten. Tja, aber dann wären wir uns bestimmt nicht begegnet. Denn er ist ein sehr korrekter und lieber Mensch. Er studiert Theologie, weißt du.«

Katharina bekam den Eindruck, dass er mehr Aufmerksamkeit ihrem Körper schenkte und nicht an einer Unterhaltung interessiert war.

»Ich verspüre kaum noch Schmerzen, ist das normal?«

»Ja.«

»Ist das die Wirkung von den Medikamenten?«

»Ja.«

»Du gibst mir Schmerzmittel?«

»Auch.«

Langsam aber sicher war er an ihrem unteren Ende des Bauches angekommen und bevor er jedoch weitere Berührungen in Betracht zog, sah er sie an. Dabei kreuzten sich ihre Blicke, worauf er warmherzig zu lächeln begann. Katharina nahm seine Hand und zog ihn zu sich heran und begann ihn zärtlich auf die Lippen zu küssen. Irgendwas hatte sie dazu getrieben, es war nicht ihre Absicht, aber es war vielleicht Magie und ihre innerliche Freude das sie dieser fremde Mann gerettet hatte. Er hörte sie auf zu küssen und streichelte ihr abermals durch die Haare. Dann stand er auf, drückte seine Zigarette in dem Aschenbecher der auf dem Fensterbrett stand aus und verließ ohne einen Ton den Raum. Er kam nicht wieder und so sehr Katharina hoffte, dass er nochmals an jenem Abend den Raum betreten würde, er tat es nicht. Sie wusste nicht wie spät es war, aber sie schlief irgendwann in der Nacht ein und dennoch konnte sie nicht richtig schlafen. Zu sehr dachte sie über sein Verhalten nach und was in dem Moment, als sie ihn küsste in ihm vorgegangen war.

Der nächste Morgen kam und Katharina erwachte, als sie zwei Stimmen direkt vor ihrem Fenster vernahm. Es war John und Crying Hawk, die sich unterhielten. Sie versuchte dem Gespräch zu lauschen, um was es dabei ging.

»Es wäre besser wir erledigen das bald.«

»Wann?«

»Heute noch, wenn sie schläft. Das ist für sie besser und für uns. Ich bin sicher das ist für alle das Beste.«

»Gut.«

»Ich werde hier sein und morgen ist alles wieder in Ordnung.«

»Ja, so wird es sein.«

Katharina wusste nicht um was es direkt ging, aber eines war sicher es ging um sie. Möglicherweise sollte sie von ihm umgebracht werden und dann würden sie ihre Leiche...

Das war unmöglich, erst rettet er ihr das Leben und dann soll er sie umbringen. Das ergab keinen Sinn und möglicherweise schwankten wieder ihre Sinne zwischen Gut und Böse. Doch das hatte es, denn da war wieder der Motor des Wagens und wie er langsam davon fuhr. Also war vielleicht tatsächlich ein Mordgedanke im Spiel. Warum sollte sie schlafen und warum war das für alle das Beste? Katharina versuchte sich aufzusetzen, was ihr ohne Schmerzen gelang. Gleich anschließend versuchte sie ganz langsam aus dem Bett zu steigen und auf dem gegipsten Bein zu stehen. Auch das gelang ihr ohne Komplikationen nur war es eben eine etwas steife Angelegenheit. Humpelnd lief sie langsam zur Tür und hoffte das Crying Hawk nicht in diesem Augenblick hereinkommen würde. Der Kreislauf spielte ein wenig verrückt, deshalb musste sie sich für ei nen Moment an den Tisch stützen, danach ging sie direkt zur Tür und öffnete sie ganz langsam. Ihr Herz begann zu rasen, der Puls schien sich jede Sekunde zu verdoppeln und der Atem stockte häufiger. Doch um am Leben zu bleiben, musste sie jetzt aus diesem Haus und versuchen schnell zu entkommen. Wie sie das jedoch schaffen wollte, wusste sie im Augenblick selbst noch nicht. Zunächst war es wichtig ungesehen aus dem Haus zu verschwinden. Alles wäre einfacher gewesen wenn der Gips nicht so sehr auf diesem Holzboden aufgeklopft hätte und somit jeder Schritt für Crying Hawk hörbar sein konnte. Aber er kam nicht und musste sich wohl auch außerhalb des Hauses aufhalten. Sie kam bald bei der Haustür an und öffnete diese, mit dem selben Herzklopfen und stockendem Atem. Angstschweiß stand ihr auf der Stirn und rollte bereits an ihren Schläfen herunter. Trotzdem lief sie zu der Tür hinaus, bekleidet mit dem Verband und der Unterhose, sowie dem stützenden Gips an ihrem Bein. Die dürftige Bekleidung war ihr im Moment völlig egal, nur ihr Leben das wollte sie jetzt retten und dafür verbrachte sie gern wieder eine Nacht im Wald. So lief sie langsam vom Haus weg in den Wald hinein, die Richtung spielte dabei kaum eine Rolle, da jede Richtung gleich wirkte. Immerzu sah sie sich um und vergewisserte sich, dass er ihr nicht längst folgte oder es bemerkt hatte. Allem Anschein nach war sie wirklich wieder auf sich allein gestellt. Sie irrte nun mehr im Wald herum und versuchte immer geradeaus zu gehen. Jede Richtung sah gleich aus und die Gegend schien sich mehr und mehr zu verdunkeln. Plötzlich spürte sie wieder die Rippen und allmählich schmerzte auch das in Gips gestützte Schienbein. Doch sie wollte sich gar nicht erst mit dem Ausruhen beschäftigen, sondern ohne Unterlass weiter laufen, was sie auch tat. Ihr Zustand verschlechterte sich zunehmend, bald sah sie alles verschwommen und die Schmerzen wurden mit jedem Schritt stärker. Deshalb beschloss sie sich doch ein wenig auszuruhen und setzte sich auf einen Stein, der aus dem Waldboden herausragte und direkt zu einem tieferen Abgrund führte. Nachdem sie sich auf diesen gesetzt hatte, gab er nach und rollte mit ihr einige Meter in die Tiefe. Von diesem überrollt blieb sie ohnmächtig liegen und erwachte in den Armen von John.

»Warum bist du weggelaufen? Du hättest dir diese Gehirnerschütterung und den Bruch des rechten Unterarmes erspart, Kathy.«

Katharina sah um sich, wobei sie erneut feststellen musste, dass sie wieder in dem Zimmer lag welches sie vor wenigen Stunden verlassen hatte. Um ihren Kopf trug sie einen Verband und ihr Arm war nun auch zum Teil eingegipst.

»Versuch dich jetzt zu entspannen, ein Weglaufen wird nach dieser Injektion nicht mehr möglich sein.«

Katharina begann sich zu wehren und schrie, als sie die lange Nadel mit der heraus spritzenden Flüssigkeit sah. Crying Hawk legte daraufhin die Spritze zur Seite und setzte sich zunächst zu ihr auf das Bett. John stand auf und verließ den Raum.

»Du wirst nur schlafen. Dein Körper braucht jetzt Ruhe. Wenn du aufwachst, werde ich bei dir sitzen,« erklärte er beruhigend und sein schweigendes Verhalten schien verschwunden.

»Nein, mit dieser Spritze willst du mich...«, erwiderte Katharina leise und fasst nicht vernehmbar, danach brachte sie kaum noch ihre Augen auf. Crying Hawk hatte ihr bereits die Spritze gegeben und streichelte ihr durchs Haar bis sie richtig eingeschlafen war.

Irgendwann erwachte Katharina und die Sonne ging bereits, wie ein glühend roter Feuerball am Horizont unter. Als Erstes sah sie um sich und da erblickte sie Crying Hawk, der wie versprochen neben ihrem Bett saß.

»Hast du schmerzen?«

Sie schüttelte mit ihrem Kopf und brachte nur langsam Erwiderungen heraus, »nein.«

»Aber du hast bestimmt etwas Hunger?«

»Nein, ich möchte nach Hause zu meiner Familie.«

»Das ist im Moment nicht möglich. Dein Zustand ist nicht stabil genug.«

»Wie kommt es das du plötzlich sprechen kannst? Du warst vor kurzem noch so ruhig und seltsam.«

»War ich das?«

»Ja, warst du.«

Sie sah ihn verängstigt an, während er wieder nichts aussagend zu ihr blickte. Plötzlich begann er ein Lied zu singen, dessen Worte und Bedeutung sie nicht verstand, aber die Melodie klang friedlich und beruhigend zugleich. Dabei deckte er sie zu und rückte nochmals ihr Kopfkissen zurecht. Dann setzte er sich wieder zu ihr und sang weiter, bis sie ihre Augen schloss und erneut einschlief.

6

Hin und her gerissen von Träumen, einer realen Welt die jenseits von der ihren war und dem ständigen Einschlafen und Erwachen. Ständig die Ungewissheit, was mit ihr geschehen würde und dann diese Mordabsichten. Es gab weder ein zurück oder entrinnen, noch viel weniger konnte sie an einem Glücksrad alles zurückdrehen. In dieser Nacht erwachte sie und blickte in ein dunkles Himmelszelt. Keine Sterne, nicht einmal den Mond konnte sie sichten. Die Dunkelheit brachte sie zum schaudern und Wahnvorstellungen bildeten Angstschweiß auf ihrer Stirn. Ihr ganzer Körper wurde plötzlich von Wärme und Kälteschüben heimgesucht. Sie spürte wie alles in ihr brannte und bald darauf wie ein Feuer zu lodern begann. So sehr sie auch versuchte diese wechselnden Gefühle loszuwerden, es gelang ihr nicht. Wieder blickte sie an sich entlang und tatsächlich war ihr Kopf von einem Verband umgeben und ihr Arm, als auch das Bein eingegipst. Es war also kein Traum gewesen. Sie hatte die Mordgedanken nicht geträumt und auch nicht die misslungene Flucht. Es war alles wahr.

Katharina konnte sich nicht mehr erinnern, wann sie wieder eingeschlafen war, aber sie erwachte irgendwann am darauf folgenden Vormittag. John saß neben ihrem Bett und trank ein

Dosenbier, was sie an ihm bisher nicht kannte. Kein Zweifel, er musste sich Mut antrinken, ohne Alkohol konnte er den Mord an ihr nicht ausüben. Natürlich konnte er das nicht einfach so, es war ein Mord und mit nichts anderem zu Vergleichen. Selbst Hass wirkte im Affekt einer Handlung anders, als ein kaltblütiger Mord.

»Guten Morgen mein scheues Reh,« sagte er.

Katharina sah ihn an, erwiderte zunächst jedoch nichts.

»Ich kann sehr gut verstehen, wenn man sich nach Freiheit sehnt. Aber in diesem Fall war es sehr unachtsam.

»Wirklich?« Nur zögernd war ihre Antwort und ihr unbehaglicher Augenausdruck an die Wand gerichtet.

»Ja, du hättest dich zu Tode stürzen können.«

Katharina sah auf die Bierdose und in jenem Augenblick war es ihr völlig egal, was fortan auch geschehen sollte, sie konnte nicht mehr länger schweigen.

»Du musst dir Mut antrinken, damit du mich umbringen kannst. Habe ich Recht?«

Er sah sie weiterhin mit einem freundlich, ruhigen Blick an und erwiderte dennoch nichts. Erst nachdem er einen weiteren Schluck Bier getrunken hatte, sah er zum Fenster hinaus und dann zu ihr.

»Du bist völlig verwirrt und das kann ich auch verstehen. Schmerzen können die Sinne vernebeln und sogar richtig in sich gefangen halten. Man könnte es auch mit Folter beschreiben, welcher dein Körper im Moment ausgesetzt ist.«

Danach hob er die Dose direkt vor ihre Augen, darauf stand Henry's Orange Juice always the best. Katharina merkte wie ihre Wangen rot anliefen und sie selbst am liebsten unter der Bettdecke verkrochen wäre.

»Ich kann mir denken was du gehört hast und nach meiner Vision zu urteilen, glaubst du wir wollen dich töten. Aber warum sollten wir dich dann erst retten? Ergibt das einen Sinn?«

»Es..... tut...... mir Leid. Aber.....ich...... möglicherweise sind es tatsächlich die Schmerzen.« Stotternd versuchte Katharina eine Erklärung zu geben. Ihre fiel es schwer die richtigen Worte dabei zu finden.

»Das ist schon in Ordnung, aber ich werde dir jetzt eine Geschichte erzählen die mein Großvater bereits meinem Vater erzählte und er wiederum diese an mich weitergab.

Es gab einmal eine Sage von einem Wolf, der ein weites Gebiet als sein Revier betrachtete. Er durchstreifte diese Wälder immer mit seinem Rudel. Er war der Stärkste und Mächtigste. Aber eines Tages geriet er in eine, durch Menschenhand gelegte Falle. Eigentlich war sie für Bären gedacht, aber diesmal fing sie einen Wolf am hinteren Lauf. Zunächst versuchte er sich durch Zerren und heftigem Bewegen zu befreien, er benutzte seine ganze Kraft. Doch diese brachte ihn nicht weiter und schon bald war er erschöpft. Umringt von seinem Rudel versuchte er immerzu, wieder die Freiheit zu erlangen, aber alles war vergebens. Doch er wollte nicht das Ungewisse mit seinem Leben in Freiheit eintauschen. Nachdem er völlig entkräftet am Boden lag, roch er plötzlich in den dunklen Wald und vernahm eine Brise die für ihn Freiheit bedeutete. Aber es gab nur einen Weg diese wieder zu erlangen. In seiner misslichen Lage biss er sich seinen hinteren Lauf ab. Fortan war er nicht mehr der Stärkste und Mächtigste in seinem Rudel und verlor auch seine Machtstellung. Dennoch tauschte er seine Machstellung mit der Freiheit.

»Konnte er denn überhaupt mit dieser Verletzung weiterleben?«

»Wenn du ein wenig darüber nachdenkst, wirst du selbst die Antwort finden.«

John blickte daraufhin zum Fenster hinaus und trank wieder einen Schluck von der Limonade. Katharina dachte währenddessen etwas über die Geschichte nach. Dabei sah sie zu John und blickte direkt in seine Augen.

»Du denkst über die Geschichte nach, habe ich Recht?«

»Ja.«

»Sie hat nicht viel mit dir gemein, denn du bist frei und den noch auf Hilfe angewiesen. Das ist der einfache Grund warum du hier liegst.«

»Schon möglich,« sagte sie nachdenklich und bezog das ganz gewiss nicht mehr auf die Geschichte.

»Ruh dich jetzt aus und verschiebe das Nachdenken auf einen anderen Zeitpunkt.« Währenddessen deckte er sie ein wenig zu. Anschließend verließ er den Raum und schien kurz darauf aus dem Haus zu gehen, da die Haustür zufiel. Sie hörte, wie er den Motor seines Wagens anließ und davon fuhr. Diesmal verfolgte sie das Geräusch des Motors, das lange zu hören war und in der Ferne immer leiser wurde. War sie allein im Haus? Crying Hawk hatte sie heute überhaupt noch nicht zu Gesicht bekommen. Der Sonne nach, musste es kurz vor Mittag sein, denn um diese Zeit stand sie direkt unterhalb des Fensterrahmens und schien brennend heiß in den Raum. Durch die Sonne wurde ihr unter der Bettdecke viel zu warm, deshalb schlug sie diese ein wenig zur Seite. Die Schmerzen waren in dieser Lage nicht groß und sogar der Kopfdruck hatte nachgelassen. Die Kopfhaut begann unter dem Verband zu jucken und Katharina begann sich zu kratzen. Ihr Haar wirkte speckig und erst jetzt fiel ihr ein, dass sie sich seit Tagen nicht gewaschen hatte. Sie versuchte sich etwas aufzusetzen, was ihr auch gelang, aber beim Sitzen sah sie alles verschwommen und doppelt. Also war es die Gehirnerschütterung und vermutlich waren an dieser Ungläubigkeit die verwirrten Sinne schuld. Langsam legte sie sich zurück und schloss die Augen, was eine direkte Wohltat war. Schlafen konnte sie nicht, obwohl ihr Körper nach Schlaf verlangte. Sie öffnete die Augen und sah hinüber zum Tisch, dort stand noch immer die Dose, worauf jetzt auf einmal Miller Beer stand. Die Dose war völlig anders, größer und nicht mehr mit dem blau orange farbigen Metallaufdruck. Sie war schwarz und mit goldener Schrift. Es war also doch Bier gewesen; er hatte sie getäuscht. Wie hatte er das gemacht? Sie selbst sah diese Dose, wie er sie in den Händen hielt und daraus trank. Katharina blickte verwirrt um sich und begann daraufhin nur noch zu schreien. Sie schrie, als ob sie der Wahnsinn übermannte. Aber Crying Hawk eilte nicht zu ihr oder kam bald darauf um zu sehen was geschehen war. Er konnte unmöglich ihr Schreien überhört haben?

Sie beruhigte sich erst nach einiger Zeit wieder und versuchte einen klaren Gedanken zu fassen. Aber es fiel ihr nicht leicht, da der Angstzustand immer stärker wurde. Sie begann sich einzureden in Sicherheit zu sein, was aber zugleich Misstrauen und Panik steigerte. Als sie plötzlich bemerkte das sie aufstehen und sogar den eingegipsten Arm sehr gut bewegen konnte, schien wirklich etwas nicht zu stimmen. Vor Minuten sah sie alles doppelt, der Kopfdruck wurde stärker und die Schmerzen ließen erst nach, als sie sich wieder hinlegte. Aber nun war alles wie verschwunden.

Katharina stand vom Bett auf und lief zur Tür. Diesmal öffnete sie diese nicht leise, sondern in normaler Lautstärke. Nachdem sie geradewegs durch laufen wollte, sah sie an der Wand eine Art Dolch hängen, der angeblich nur Zierde war. Sie vertraute nichts und niemandem mehr und nahm diesen fest entschlossen ohne zögern von seinem Platz. Plötzlich vernahm sie Schritte, die näher und näher kamen und direkt vor der Haustür hielten. Kathrin rollte auf einmal Angstschweiß von der Stirn und sie nahm sich fest vor, fortan für ihr Leben zu kämpfen ganz gleich was für ein Opfer sie dafür auch bringen musste. Die Schritte schienen sich wieder vom Haus zu entfernen, was Katharina zunächst aufatmen ließ. Doch es dauerte nicht lange und die Haustür ging laut knarrend auf. Ohne überhaupt noch eine Überlegung zu verlieren, stach Katharina auf den Eindringling ein. Sie erkannte in ihrer Panik und Verzweiflung nur eine weitere, fremde Menschengestalt. Sie schrie, Kräfte wurden in ihr wach die sie glaubte nie besessen zu haben, besonders nicht mit ihren Verletzungen. Ununterbrochen stach sie zu und konnte sich nicht beruhigen. Erst nachdem Crying Hawk hinter ihr stand und sie mit gewaltiger Kraft von dem leblosen Körper wegzerrte, entdeckte sie ihre blutgetränkte Leibbinde, sowie den Arm- und Beingips die ebenfalls voller Blut waren. Noch immer wie in Trance sank sie verzweifelt in sich zusammen. Crying Hawk kniete sich vor ihr nieder und nahm sie in seine Arme. Er richtete sie auf und führte Katharina wieder zurück in das Zimmer, in welchem sie seit Tagen lag und sprach mit ruhigen Worten auf sie ein. Anschließend verabreichte er ihr eine Injektion, worauf sie kurze Zeit später einschlief.

Nachdem sie zunächst eine Weile wach gelegen hatte, kam Crying Hawk zu ihr ans Bett. Er hielt ein Tablett mit Tee und Keksen in der Hand.

»Na, hast du gut geschlafen?«Er lächelte und stellte dann das Tablett doch lieber auf dem Tisch gegenüber ab.

»Nein, ich habe Jemand umgebracht, weil ich wahnsinnig werde. Diese Umgebung macht mich wahnsinnig, ja geradezu verrückt!«

»Es war Notwehr,« antwortete er und richtete ihr Kissen zum Sitzen zurecht.

»Notwehr? Ich habe einen Mensch umgebracht und dafür werde ich hart bestraft.«

»Von wem?«

»Na vom Gericht. Du hast doch bestimmt alles angezeigt, oder ?«

»Nein.«

»W-a-s?«

»Ich sagte Nein.«

»Aber ich habe einen Mann umgebracht. Wer war er? Bitte sag mir wer er war.«

»Der Postbote.«

»Ich werde damit nicht fertig, ich bin zur Mörderin geworden.«

»Nein.«

»Oh Gott! Gib doch nicht immer diese knappen Antworten. Das verwirrt mich noch mehr.« Während sie in das Kissen hinein weinte, betrat John den Raum. Er betrachtete zunächst das Geschehen und meinte später, »scheues Reh, es wird dir nichts geschehen.«

»Wegen mir ist dieser unschuldige Mann gestorben. Oh John ich bin eine Mörderin.«

»Nein, nein, das bist du nicht. Du hast nach deinem Instinkt gehandelt und dich vor der drohenden Gefahr geschützt. Das ist nichts abnormales sondern bedeutet sehr viel Menschlichkeit. Dasselbe tun auch Tiere.«

»Was? Jemanden umzubringen bedeutet Menschlichkeit und der Vergleich mit einem Tier passt jetzt in diese Situation? Aber jetzt fällt mir ein, wie hast du das mit der Bierdose gemacht? Das war keine Limonadendose, es war Bier.« Daraufhin lief er zum Tisch und holte die noch immer dort stehende Dose und brachte sie ihr an das Bett.

»Diese Dose muss auf dich so etwas wie Magie ausüben, aber ich kann dir nur bestätigen das darin kein Bier war, es war Orangenlimonade, Kathy,« erklärte er und blieb nach wie vor erstaunlich ruhig. Crying Hawk stand neben ihm und blickte zum ersten Mal besorgt zu Katharina. Diesen Gesichtsausdruck hatte sie bisher nicht an ihm gekannt. Nachdem sie nochmals die Dose ansah und diese sogar in ihre Hand nahm, musste sie erneut feststellen, dass es tatsächlich keine Bierdose gewesen war, aber auf dem Kaminsims eine Miller Bierdose stand. Sie hatte diese Dose gesehen und mit der anderen verwechselt, was erst jetzt allmählich einen Sinn ergab. Aber das änderte nichts an dem Mord, welchen sie begangen hatte.

»Ich verstehe dich sehr gut und ab morgen darfst du etwas draußen sitzen und Crying Hawk beim Holzhacken zusehen. Frische Luft ist gesund, macht hungrig und lässt einen am Abend besser einschlafen.« John strich ihr eine Haarsträhne aus dem Gesicht und sah fest überzeugt zu ihr.

»Aber wieso seid ihr über den Mord nicht so entsetzt?«

»In meiner Vision habe ich diesen Mord bereits gesehen. Wir waren darauf vorbereitet.«

»W-a-s? Sag dass das nicht wahr ist! Sag es!«

»Beruhige dich.«

» W-i-e b-i-t-t-e? Beruhigen! Ihr wusstet, dass ich ihn umbringe und habt mich nicht gewarnt. Oh Herr hab erbarmen mit meiner Seele und strafe mich wie du es für richtig hältst,« sagte sie daraufhin und sank mit ihrem Kopf zurück in das Kissen.

»Gott wird dich nicht strafen, nur du kannst diese Strafe verrichten und selbst dann weißt du noch nicht ob er es tatsächlich so wollte. Aber jetzt musst du etwas essen, der Tee und die Kekse werden dir gut tun.«

»Essen? Ich bringe keinen Bissen herunter, geschweige denn dass ich jetzt an Ruhe denken kann.«

»Die Zeit wird deine Wunden heilen,« sagte John und verließ daraufhin den Raum. Crying Hawk blieb bei ihr und holte nun das Tablett mit dem Tee. Nachdem sie die verlockenden Kekse sah, begann ihr Bauch mächtig zu knurren.

»Er hat Recht. Iss, danach wirst du dich besser fühlen.« Er setzte sich auf den Stuhl daneben und aß auch ein paar Kekse mit etwas Tee. Ihm schien das, was passiert war überhaupt kein Kopfzerbrechen zu bereiten. Sein Verhalten blieb gleich und zudem sprach er ein wenig mehr als am Anfang, nach ihrer ersten Begegnung.

7

Katharina beobachtete ihn zu später Stunde wie er wie jeden Abend, vor dem offenen Kamin in seinem Stuhl saß und ein Buch lass. Dieses Buch lag sonst nirgendwo herum, so dass sie den Kurzinhalt davon hätte lesen können. Eventuell war es ein Roman oder irgendein Sachbuch. Während er das Buch ein wenig nach oben hielt konnte sie endlich den Titel lesen 'Killing Dreams'. Es handelte sich bestimmt um einen Thriller, Katharina überlegte weiter und plötzlich stockte wieder ihr Atem, ihr Herz begann zu rasen und das Blut schoss durch ihre Adern. Mörderische Träume - das konnte auch auf sie zutreffen, alles an was sie dachte war Mord und dass man nach ihrem Leben trachten wollte. Hatte der Buchtitel auch etwas damit zutun?

Möglicherweise spielten auch hier wieder ihre Sinne verrückt und der Titel hieß ganz anders. Katharina verzweifelte und schrie ohne es zu wollen auf. Dabei hielt sie ihren Kopf fest und wendete sich im Bett hin und her. Dann schoss sie vom Bett auf und versuchte aus dem Bett zu fliehen, ganz gleich wohin, aber weg, einfach nur weg.

Crying Hawk legte sofort das Buch auf dem Tisch nieder und ging langsam auf sie zu. Er nahm sie in seine Arme und sang wieder dieses Lied, welches er schon einmal für sie gesungen hatte. Langsam regenerierte sich ihr Körper, das Herz schlug langsamer, der Atem und der Puls normalisierten sich. Nachfolgend trug er sie in das Bett zurück und sie schlief nach einer Weile ein. Sie erwachte erst am darauf folgenden Abend und dabei hatte sie das Gefühl, dass er sie erst vor wenigen Minuten in das Bett gelegt hatte. Er schien sehr aufmerksam, denn kurz nachdem sie ihre Augen geöffnet hatte, sah er lächelnd zu ihr und kam an das Bett. Ohne ein Wort zu äußern fühlte er ihren Puls und brachte ihr dann etwas zu trinken. Es war Himbeerlimonande die sehr erfrischend schmeckte und gut gekühlt war.

»Trink sie langsam,« sagte er. Doch etwas war an ihrem Körper anders. Es fühlte sich alles so frisch und wie nach einer anständigen Dusche an. Sofort griff Katharina nach ihrem Haar, tatsächlich dieses speckige Gefühl war weg und es fühlte sich luftig weich an.

»Ist etwas nicht in Ordnung?« Er sah sie fragend an, nachdem er ihr Verhalten beobachtete.

»Doch oder.... ich....ich weiß nicht. Ich fühle mich so....anders...... frischer - so gebadet.«

»Du bist auch gebadet worden.«

»Von wem?«

»Von mir.«

»Wie? Du hast mich ausgezogen und gebadet?«

»Ja.«

»Zufällig habe ich noch ein kleines bisschen Schamgefühl in mir. Ich hätte es bestimmt auch selbst hin bekommen.« Plötz lich wirkte Katharina hellwach und ihre verschlafene Stimmung war verschwunden.

»Dem ersten Argument stimme ich zu und dafür entschuldige ich mich, aber dem Zweiten gebe ich nicht meine Zustimmung,« erwiderte er und zündete sich daraufhin, mit einem Streichholz eine Zigarette an.

»Trotzdem muss ich es tolerieren, dass du mich nackt gesehen hast.«

»Hast du eine andere Wahl?«, grinste er und erst jetzt sah sie seine deutlich weißen Zähne. Eigentlich hatte er nie einen ungepflegten Eindruck gemacht, doch zum ersten Mal sah sie sein Gebiss richtig deutlich.

Dieses Haus hatte nur eine ebene Wohnfläche, es gab kein Dachgeschoss oder Keller, das Bad hatte sie seither nicht gesehen.

»Ja, das muss wirklich schön für dich gewesen sein.«

»Ja, war es.«

»Was?«

»Ja, es war ein schöner Anblick.« Gab er zurück und rauchte dabei weiter genussvoll seine Zigarette.

»Aber geliebt haben wir uns nicht auch noch zufällig, wovon ich nichts weiß.«

»Nein.«

»Ich weiß nicht warum ich dieser Aussage jetzt glauben schenken sollte.«

»Dein Problem.«

»In der Tat, aber ich will das du mich noch heute in ein Krankenhaus bringst. Hast du das verstanden?«

»Ja, habe ich,« erwiderte er und stand danach auf. Er drückte die Zigarette in dem Aschenbecher, auf dem Fensterbrett aus und lief aus dem Raum. Bevor er zur Tür hinaus ging, blickte er nochmals zu ihr und betrachtete sie mit grinsendem Blick. Danach verschwand er und fuhr mit dem Pick-up weg.

Unterdessen versuchte Katharina das Bett zu verlassen, um selbst eine Möglichkeit zu finden in die Stadt zu gelangen, aber auch diesmal musste sie feststellen, dass ihr das unmöglich war. Trotzdem konnte sie gut aufstehen und ein wenig umherlaufen. Sie beschloss das Haus näher zu betrachten und verließ langsam den Raum. Zunächst ging sie in ein Zimmer das gegenüber von dem ihren lag. Aber die Tür in dieses war abgesperrt, sie versuchte es zweimal, durch kräftigeres drücken hineinzugelangen, aber ohne Zweifel die Tür war abgeschlossen. Sie ging weiter und öffnete eine Tür, die im oberen Teil ein kleines, beschlagenes Glasfenster hatte. Das war ohne Zweifel die Küche, aber die Möbel, der Herd und alles andere darin war reinste Antike und museumsreif. Sie wagte sich nichts anzurühren und dennoch öffnete sie eine Schublade, in welcher zunächst nichts ungewöhnliches außer Messer, Gabeln und einem Stück Papier lagen. Katharina nahm das Stück Papier, welches sich kurze Zeit später zu einem Steckbrief entpuppte. Der Mann darauf brachte junge Frauen in ihrem Alter um und hatte bereits 34 Morde begangen. US $17.000 waren auf seinen Kopf ausgesetzt worden. Unter diesem befand sich noch ein zusammengefaltetes Papier und auch das war ein polizeilich ausgestellter Steckbrief. Auf diesem war eine Frau gesucht, die für mehrere Morde an Kindern verantwortlich war, aber ihrem Aussehen zufolge glich sie eher einem Mauerblümchen das keiner Fliege etwas zuleide tat. Sie war indianischer Herkunft und hatte eine große Narbe über ihrem linken Auge. Auf ihren Kopf waren US $ 10.000 ausgesetzt. Aber was machten Steckbriefe in dieser Schublade bei Messer und Gabeln, er hatte vielleicht ein Tick und sammelte sie. Wohl kaum sonst hätte er nicht nur zwei Steckbriefe, sondern würde mehrere besitzen. Er kannte diese Personen was nicht ganz unlogisch wäre, Killer kennen Killer. Kathrin betrachtete diese genauer und in jenem Augenblick entdeckte sie unten ein selbst darauf geschriebenes Datum. Bei dem Mann war der 18. November 1935 notiert und bei der Frau stand, neben einigen undeutlichen Kritzeleien am Rand, 23. Juli 1987. Beide waren mehrere Jahrzehnte von einander entfernt. Die Morde konnten nichts miteinander zutun haben. Bei näherer

Betrachtung merkte sie das auch der Mann indianischer Herkunft war und dieser ihr von irgendwo her bekannt vor kam. Irgendwo hatte sie ihn gesehen, aber wo. Sie war bisher nur hier gewesen und das waren die ersten richtigen Steckbriefe die sie in ihren Händen hielt. Höchstwahrscheinlich hatte sie sich auch getäuscht und dennoch betrachtete sie die Fotografie noch eine zeit lang. Danach verließ sie nachdenklich die Küche und betrat den gegenüber liegenden Raum in welchem sie ganz zu Beginn von Crying Hawk untersucht worden war. Alles deutete auf eine Art OP hin. Die Skalpells, irgendwelche Zangen, Scheren und Pinzetten lagen ordentlich sortiert in einem Schränkchen hinter Glastüren, ebenso auch Wattestäbe, Pflaster und eine ganze Anzahl von Verbandsmaterial in großen Pappkartons. Er schien zumindest in diesem Punkt die Wahrheit gesagt zu haben. Alles deutete auf das Arbeitsmaterial eines Arztes hin. Aber wo waren seine Patienten? Niemand kam zu ihm und ließ sich behandeln, geschweige denn das Jemand nach ihm hätte rufen lassen. Was war das für ein Arzt der keine Patienten hatte, aber sich Arzt nannte. Katharina öffnete einen Schrank, der groß und geräumig erschien. Darin befanden sich viele kleine Flaschen und auch Infusionen. An den Türwänden klebten weitere Steckbriefe und auch mit verschiedenen Monats und Jahreszahlen gekennzeichnet. War er tatsächlich ein Sammler von diesen Steckbriefen und was bedeuteten die Daten? Katharina beschränkte sich wieder auf die abgebildeten Fotos, auf allen waren Männer unterschiedlichen Alters. Keiner sah ernsthaft gefährlich aus, aber ihre Taten sprachen trotzdem für sich. Während auf einen nur US $ 500 ausgesetzt waren, bot der nächste Kopf schon wieder stolze US $ 3500. Die Briefe waren nach dem Kopfgeld sortiert und begannen bei US $ 500 und gingen bis US $ 20.000. Das waren beachtliche Summen und warum waren sie sortiert? Die Daten waren ebenfalls ganz unterschiedlich sie begannen im Jahre 1956 und gingen bis zum Jahr 1990. Erneut fand sie auf jedem Steckbrief an der Seite jeden Fotos ein Gekritzel das sich erst bei weiterer Betrachtung zu etwas anderem entwickelte. Es war eine Kennzeichnung eines Weges, auf jedem Brief ein anderer vermerkt. Wahrscheinlich waren es Notizen eines jeden Ortes, wo man diese Männer festnahm, einfach umbrachte oder aufspüren sollte. Katharina schloss den Schrank und lief wieder zurück zu ihrem Bett. Während sie in ihr Bett stieg und sich hinlegte, sah sie zum Kamin und daneben auf dem Stuhl saß John. Sie hatte ihn nicht herein kommen, geschweige denn die Tür knarren hören und dennoch lächelte er sie freundlich an.

»Na ein wenig das Haus ausgekundschaftet?« Unterdessen blickte er der völlig vom Schreck ergriffenen jungen Frau ins Gesicht. Kreidebleich lag sie in ihrem Bett und betrachtete ihn beschämt und unsicher zugleich.

»Nun.... ich....ja nun.....ich wollte etwas zu Trinken holen.....ja so war es.....ja das wollte ich.«

»Das ist doch kein Grund, sich zu schämen?«

»Nein, eigentlich nicht.«

»Hast du etwas gefunden?«

»Was...wieso?«

»Na, etwas zu Trinken?«

»...Eh.........nein,« sagte sie zögernd.

»Gut, dann lass mich einmal nachsehen, vielleicht finde ich etwas.« John verließ den Raum und ging in die Küche. Katharina musste sich erst ein wenig vom Schreck erholen und atmete mehrmals tief durch.

»Siehst du ich habe etwas gefunden. Hier es ist Limonade, dein so verkanntes Dosenbier,« sagte er grinsend und begann beim Betrachten laut zu lachen. Ihn amüsierte auf irgendeine Weise Katharinas Vorstellungen und dennoch nahm er sie in gleichem Maße kaum ernst. Er schien auch keinen Verdacht geschöpft zu haben, dass sie sich in den Räumen umgesehen hatte. Er blieb wie immer freundlich und ruhig.

»Wo ist Crying Hawk?«

»Er ist auf der Jagd. Hat er dir nicht gesagt das er erst gegen Abend wieder zurückkommen wird?«

»Nein,« gab sie schnell zur Antwort und trank mehrere Schluck Limonade, die nicht gekühlt war.

»Meine Güte hast du Durst, ich begreife nicht, dass er dir nichts zu Essen und zu Trinken hingestellt hat.«

»Möglicherweise kommt er doch eher zurück.«

»Das ist kaum vorstellbar, aber möglich. Er ist seltsam und doch irgendwie ein ganzer Kerl dem man alles zutrauen kann.«

»Was jagt er denn? ... Menschen?«

»Spielen deine Sinne wieder verrückt oder was hast du diesmal für eine ausgeprägte Phantasie?«

»Keine, nur so.«

»Er jagt Rotwild und verkauft ein Teil des Fleisches in der Stadt.«

»In der Stadt?«

»Ja in der Stadt, die etwa 40 Meilen von hier entfernt liegt. Sie ist aber nur mit einem Wagen erreichbar.

»Zu Fuß nicht?«

»Oh doch aber nicht für Jemanden der verletzt ist oder sich wie du kaum in der Umgebung auskennt.«

»Ich hab schon verstanden.«

»Du musst es verstehen, weil hier auch zudem andere Gefahren lauern können.«

»Hat er mein Telegramm aufgegeben?«

»Vermutlich schon, wenn das Telegrammgerät funktioniert hat. Es funktioniert meistens nicht. Aber keine Sorge deine Eltern werden so bald wie möglich benachrichtigt.«

»Na das beruhigt mich außerordentlich.«

»Das kann es dich auch und außerdem bist du hier sicher.«

»Hmh, sicher.....was ist schon sicher,« erwiderte sie etwas ungläubig und betrachtete John dabei. Aber eigentlich war in seinem Blick keine Unehrlichkeit.

»Crying Hawk ist ein netter Mensch nur eben etwas eigenwillig was nicht von ungefähr kommt.«

»Von was ist er denn so eigenwillig und spricht nur wenn es ihm danach ist. Ich brauche Jemanden zum Reden und nicht einen Mensch der mir nur in die Augen sieht und durch seine Blicke seine momentane Stimmung verrät. Vorausgesetzt ich habe es richtig gedeutet.«

»Ja mit ihm kann man gut auskommen, aber nur wenn man ihn lernt zu verstehen.«

»Ihn verstehen lernen?«

»Ja.«

»Das verstehe ich nicht.«

»Er hatte zwei fürchterliche Erlebnisse, man kann sie auch Schicksalsschläge nennen, die ihn für sein ganzes Leben prägten. Damals war er ein junger Mann von ungefähr zwanzig Jahren. Er war frisch verliebt in eine sehr hübsche Frau. Ihre gemeinsame Liebe war stark geprägt, so dass sie bald darauf heirateten und sich sogar danach schon erster Nachwuchs ankündigte. Crying Hawk verdiente zu dieser Zeit nicht sehr viel Geld, sondern studierte Medizin außerhalb des Reservates. Er jobte um das Studium zu finanzieren. Seine Frau verdiente ebenfalls Geld, bis ihre kleine gemeinsame Tochter geboren wurde. Das Mädchen nannten sie Clarissa-Sue, dessen Name auch sehr gut zu ihr passte.

Crying Hawk fuhr eines morgens in die Stadt um einzukaufen, seine Frau blieb mit dem Kind zu Hause. Nachdem er wieder nach Hause zurückgekehrt war, lag seine Frau mit dem Kind völlig blutüberströmt im Bett. Beide waren tot - erschossen, der Mörder wurde nie gefunden. Für ihn brach eine ganze Welt zusammen und nachdem er den Schock verarbeitet hatte, widmete er sich nur noch seinem Medizinstudium, das er mit großer Leidenschaft studierte. Nach Beendigung des Examens, hatte er endlich das erreicht was er erreichen wollte. Er war Arzt und konnte fortan anderen Menschen helfen. Doch zugleich wurde er mit Hass, Neid und Eifersucht konfrontiert. Andere Absolventen seiner Klasse, darunter auch der Sohn des damals amtierenden Bürgermeisters wollten nicht begreifen wie eine verdammte Rothaut das Examen mit Auszeichnung beenden konnte. Deshalb passten sie ihn eines Tages in der Stadt ab, fernab von hier. Sie waren ihm weitaus überlegen, da sie zu sechst und er allein auf sich gestellt war. Was alles bei dieser Auseinandersetzung geschah, weiß ich nicht, aber als wir ihn fanden, hatten sie ihn fürchterlich mit dem Messer gequält und ihm seine rechte untere Beinhälfte mit einem Beil abgehackt. Diese lag direkt neben dem stark blutenden Stumpf, welchen er sich bereits mit seinem Gürtel so gut es ging abgebunden hatte. Fortan schien er hinter einer eingeschlossenen Hülle zu leben und offenbarte niemandem mehr seine Gefühle. Der Sohn des Bürgermeisters sitzt wegen dieser Tat heute noch im Gefängnis und sein Vater verbannte ihn zudem aus der Familie. Doch Crying Hawk gab das auch nicht sein Bein zurück. Sein Stolz, aber auch sein unermesslicher Drang wieder auf zwei Beinen gehen zu können veranlassten ihn sich ein Holzbein zu schnitzen, mit welchem er sehr lange übte und trainierte, zu gehen. Er lernte hier oben richtig gehen, laufen und rennen - solange bis er es vollständig konnte und niemand nur den geringsten Verdacht schöpfte, dass er ein Holzbein tragen würde. Aber er war fortan schweigsam und sprach nur noch das notwendigste.«

»Ich dachte an vieles aber an so etwas ganz gewiss nicht. Das tut mir auch sehr Leid und jetzt verstehe ich auch sein Verhalten besser.«

»Das habe ich mir gedacht. Aber lass es ihn nicht wissen, manche Dinge sind im Verborgenen besser aufbewahrt als das sie ans Tageslicht geraten.«

»Ja, ich verstehe,« erwiderte sie und sah jetzt erst recht nachdenklich aus. Hatten aus diesem Grund diese Steckbriefe etwas damit zutun? Er wollte das Böse aus der Welt schaffen, was aufgrund seiner Erfahrungen nicht ganz unlogisch war. Katharina konnte diese Gedanken nicht weiterverfolgen, da Crying Hawk doch eher zurückkam. John verließ daraufhin den Raum und begrüßte ihn, wenig später kam Crying Hawk allein zu ihr.

»Na, war der Tag angenehm?«
»Einigermaßen.«

»Ich habe das Telegramm aufgegeben.«

»Das ist gut, danke.« Katharina schien zu überlegen bevor er etwas äußern konnte meinte sie, »gehört dir das Haus?«

»Warum willst du das wissen?«

»Einfach nur so.«

»Ja, John und ich haben es gebaut.«

»Aha,« sagte sie und biss dabei auf ihre Lippen.

Crying Hawk verließ für einen kurzen Moment den Raum und kam mit ein paar Medikamenten zurück.

»Das wird dir helfen, dass die Brüche schneller heilen.«

»Was ist das?«

»Ein Medikament.«

»Also darauf wäre ich jetzt nie gekommen,« entgegnete sie etwas gereizt.

»Deshalb habe ich es gesagt,« meinte er mit einem Grinsen das eher darauf hin wies, das er zum Scherzen aufgelegt war. Sie kannte diese Seite an ihm noch nicht und musste sich erst daran gewöhnen.

»Wie schmeckt es? Bitter?«

»Nein, es ist von einer Baumrinde gewonnener Saft, ein geringer Anteil davon.«

Dann reichte er ihr ein Zuckerstück zu, auf welches er diesen Saft geträufelt hatte. Und er behielt Recht, es schmeckte nicht eklig, sondern etwas nach Walnuss.

»Diese Tabletten auch noch.« Er äußerte sich kurz und blickte dabei zum Fenster hinaus.

Die Sonne ging gerade hinter den Waldhügeln unter, etwas Wind wehte durch die reihum liegenden Wälder. Der rötliche Schimmer am Horizont wurde zeitweilig von dunklen Wolkenschwaden bedeckt, die langsam dahin zogen.

»Ich finde die Natur hier gar nicht schlecht, aber ich hätte sie eigentlich gerne in gesundem Zustand genossen.«

»Das wirst du früher oder später auch noch können.«

»Meinst du die Heilung dauert noch lange?«

»Ein wenig schon.«

Dann begann er sie wieder zu streicheln vom Kopf bis hin zu ihren Oberschenkeln.

»Dein Körper muss massiert werden, das fördert die Durchblutung.« Als er das sagte wurde Katharina das Gefühl nicht los, dass er dabei nicht nur an die Durchblutung dachte.

»So, ich glaube das du etwas ganz anderes lieber machen würdest.«

»Tatsächlich?«

»Ja, tatsächlich,« sagte sie und konnte währenddessen ihr Schmunzeln nicht mehr unterdrücken. In sein Gesicht trat ebenfalls ein Lächeln das sich bald in einen leidenschaftlichen Ausdruck verwandelte.

»Möglicherweise stimmt's.«

»Ich wusste es doch,« sagte sie, griff dabei sanft nach seinen Haaren und zog ihn langsam zu sich her. Er setzte sich zunächst neben sie und begann sie zärtlich zu küssen. Worauf bald eine leidenschaftliche Macht über ihre beiden Körper herrschte. Er war zärtlicher als ihr langjähriger Freund und ging mehr auf ihre Gefühle ein. Was sie außerdem in diesem Moment an ihm schätzen lernte war sein außerordentliches Gespür für ihre tiefsten Empfindungen, während der Vereinigung. Sie verspürte dabei nicht einmal einen Schmerz ihrer Rippen oder des Armes, im Gegenteil alles war auf einmal verschwunden, als ob es nie passiert wäre. Sie wusste nicht wie lange dieser Akt angedauert hatte, nachdem sie in seinen Armen erwachte. Sie sah nach draußen, wobei sie feststellte, dass es noch immer dunkel war und die Stunden bis zum Morgen noch eine Weile dauern würden. Danach wendete sie sich wieder zu ihm und dabei sah er ihr in die Augen. Er nahm sie fest in seine Arme und streichelte ohne etwas zu sagen ihren Arm der nicht in Gips eingehüllt war.

»Hat es dir gefallen?«, fragte sie bedenklich.

»Ja... und dir?« Sie wirkte etwas benommen.

»Ich fühle mich jetzt näher zu dir hingezogen, weißt du.«

»Unsere Seelen sind jetzt vereint.«

»Ja, das ist richtig.«

»Versuch jetzt zu schlafen,« entgegnete er leise zu ihr und rückte das Kopfkissen noch mal zurecht.

Katharina schlief in dieser Nacht zum ersten Mal sehr ruhig und wachte auch kein einziges Mal auf. Zunächst schlief sie mit dem Gedanken ein, dass er wenn sie aufwachte, längst nicht mehr im Bett liegen würde, doch da täuschte sie sich. Nachdem sie aufgewacht war, küsste er sie zärtlich auf den Mund. Katharina begann daraufhin zu lächeln, denn dadurch wusste sie, dass jene Nacht wirklich existierte.

Danach stand er auf und erstmals sah sie seine Narben, die vermutlich von dem furchtbaren Geschehen herrühren mussten. Dann erblickte sie auch sein Holzbein das am oberen Stumpf des rechten Beines angeschnallt war. Sie hatte es überhaupt nicht vernommen, eigentlich gar nicht gespürt. Sie stellte ihm keine Fragen, sondern ließ ihn sich einfach anziehen und nach draußen gehen. Zudem waren an jenem Morgen nicht ihre Zweifel vorhanden, wie gewohnt und sie stellte keine Überlegungen an was wohl hier aus ihr werden würde. Sie war viel ruhiger und genoss auf einmal jede Minute die sie mit Crying Hawk verbringen konnte. Trotzdem veränderte diese Liebesnacht nicht unbedingt sein Verhalten, er blieb oft nach wie vor schweigsam und gab knappe Antworten. Aber er wich nicht mehr so oft von ihrer Seite, wenn John beide besuchte.

8

An diesem Tag kam er erstmals nicht, was Katharina verwunderte. Crying Hawk setzte sie sogar an den Tisch, damit sie nicht im Bett das Frühstück einnehmen musste. Alles ging nur sehr langsam, sie merkte auch, dass ihr das Sitzen auf dem robusten Holzstuhl nicht so leicht fiel, als sie es sich vorstellte. Sie wollte es sich nicht anmerken lassen, aber ihr Gesichtsausdruck verriet anscheinend die Unbehaglichkeit, was Crying Hawk nicht verborgen blieb. Es war eigenartig, dass er vieles wusste, obwohl sie es niemals aussprach. Wie machte er das? Es konnte nur Begabung oder gute Menschenkenntnis sein. Vielleicht auch beides, was ihn noch interessanter wirken ließ.

»Du hast Schmerzen.« Es sprach zu ihr, während er Brot mit Butter strich, sah sie dabei aber nicht an.

»Ja, das sitzen ist ungewohnt.«

Er erwiderte nichts mehr auf ihre Antwort sondern reichte ihr das gestrichene Butterbrot zu.

Sie nahm es und biss sofort hinein, ihr Appetit war groß.

Anschließend brachte er sie wieder in das Bett, räumte den Tisch ab und verschwand danach zur Haustür hinaus. Sie fiel mit einem beachtlichen Knall zu, was Kathrins Herz wieder heftig zum Schlagen brachte. Es war ein angenehmes Gefühl endlich wieder zu liegen, denn das Sitzen war anstrengend. Sie schloss ihre Augen und ließ sich von herein scheinenden Sonnenstrahlen verwöhnen. Das Fenster war gekippt und sie konnte wieder das Rufen des Adlers und das Zwitschern anderer Vögel hören. Doch da war noch etwas anderes, ein Hacken, dieses Geräusch war ihr jedoch nicht unbekannt und klang nach Holzhacken. Sie versuchte sich am Fensterbrett anzuheben um so die Sicht nach Draußen zu bekommen. Tatsächlich, Crying Hawk hackte Holz und das machte er auch mit einer beachtlichen Ruhe. Während er das Holz in kleinere Stücke hackte, betrachtete ihn Katharina vom Fenster aus mit verträumtem Blick. Irgendwann verließen sie die Kräfte und sie musste sich wieder hinlegen. Dabei lauschte sie der Axt und den dumpfen Schlägen die immer im selben Takt ertönten. Sie zählte eine Weile mit und schlief irgendwann später ein.

Zu diesem Zeitpunkt verschwand auch die Sonne hinter den Wolken und kam in gewissen Abständen wieder hervor. Katharina schlief tief und fest nachdem Crying Hawk nach ihr sah und sie mit der Decke zudeckte.

Katharina befand sich in einer anderen Welt, in ihrer Heimat Schweden, in welcher sie groß geworden war. Mit ihren Eltern und ihrem Bruder war sie an einer wunderschönen Küste, wo das Wasser durch die Sonne richtig silbrig schimmerte. Es war ein berauschendes Gefühl, ihr Vater nahm sie in die Arme und lief mit ihr an einem nahe gelegenen Pier entlang, nachfolgend ihre Mutter mit ihrem Bruder. Die Seeluft, das Rauschen des Meeres und das singen der Möwen, etwas das sie sehr liebte. Da war plötzlich dieser kleine Fischstand und jedes Jahr war er am selben Ort. Er stand   dort bestimmt das ganze Jahr über. Sie verbrachte dort fasst jedes Jahr ein paar Wochen mit ihren Eltern und ihrem Bruder in den Sommerferien. Wenngleich sie die Umgebung auswendig kannte, gab es trotzdem immer etwas neues zu entdecken. Aber der Fischgeruch stieg ihr merklich in die Nase und es gab nichts besseres als gegrillten Fisch. Dazu wurde immer eine übergroße dicke Scheibe Brot gereicht, die der Verkäufer selbst von einem Leib Brot abschnitt. Hungrig erwachte Katharina, freudig und anstatt den Fisch hielt sie ihre Bettdecke in den Händen. Zunächst sah sie um sich und dabei musste sie feststellen, dass alles nur ein Traum war. Völlig alleine lag sie in dem Raum, die Sonne war bereits auf der anderen Seite des Hauses und schien nun dort in die Fenster hinein. Sie legte sich zurück und nachdem sie darüber nochmals nachdachte, stiegen ihr ein paar Tränen in die Augen. Erst jetzt dachte sie mehr über ihren Traum nach und musste feststellen, dass diese Urlaubszeiten bereits Jahre zurücklagen. Nachdem ihr Bruder verstorben war, gingen sie auch nie mehr an diese kleine Küste, mit dem Fischstand. Zu viele schmerzliche Erinnerungen wären wohl wach geworden. Danach gab es auch kaum noch so schöne Ferien, sie war inzwischen erwachsen geworden und ging mit Freunden auf Ferientour. Mutter und Vater verbrachten die Ferien bei Bekannten oder zu Hause. In diesem Jahr wollten sie nach Kathrins Rückreise zu einer Tante nach Holland reisen. Während sie noch immer an die wundervolle vergangene Zeit nachdachte, vernahm sie tatsächlich einen Fischgeruch. Möglicherweise war dieser auch für ihren Traum verantwortlich gewesen. Warum sonst hätte sie plötzlich von dieser Küste und dem kleinen Fischstand geträumt.

Sie sah zur Tür und bald darauf kam John hinein und ihm nachfolgend Crying Hawk.

»Unser kleines Reh ist wach, hast du gut geschlafen?«, fragte John.

»Ja, das habe ich.«

»Na dann hast du jetzt bestimmt Hunger.«

»Ich denke schon, dass ich etwas vertragen könnte.«

»Es gibt gebratenen Fisch. Ich habe ihn selbst gefangen.«

»Ich habe ihn früher schon gern gegessen.«

»Willst du zum Essen aus dem Bett oder lieber darin liegen bleiben?« John sah sie an und betrachtete dabei auch ihren Oberkörper.

»Ich denke es ist besser, wenn ich im Bett bleibe, mir fiel heute Morgen schon das Sitzen schwer.«
Crying Hawk nickte einvernehmend mit seinem Kopf und holte auf einem Tablett das Geschirr herein, John hielt mehrere gebratene Fische auf einem Blech in seinen Händen.

»So, dann kann es losgehen und sei vorsichtig, die haben Gräten in sich. Achte darauf, dass du dich an keiner verschluckst.« Crying Hawk wirkte besorgt und reichte ihr einen Teller mit dem gebratenen Fisch.

»Ja, ich werde vorsichtig sein,« antwortete sie und begann langsam den Fisch aufzuschneiden. Es war tatsächlich wie damals im Urlaub. Zudem schmeckte der Fisch auch so wie an dieser Küste, obwohl es bestimmt eine ganz andere Sorte war. Sie genoss jeden Bissen und aß reichlich Brot dazu.
Eines musste man beiden lassen, sie waren nie kleinlich was die Ernährung betraf. John als auch Crying Hawk achteten schwer darauf, dass sie genügend zu Essen bekam. Und das bekam sie ohne Zweifel, auch an Süßigkeiten fehlte es nicht. Doch etwas plagte sie ständig und das waren Bedenken und Ängste. Sie brachte diese nicht aus ihrem Gedächtnis und obwohl sie vieles deutlich und mit einer eindeutigen Erklärung sah, so vertraute sie dem angeblichen Frieden nicht. Crying Hawk war noch immer seltsam, obwohl sie mit ihm die letzte Nacht verbrachte.

John dagegen nett und einfühlsam, aber eben für sie viel zu alt. Er konnte auch sehr gut mit ihr umgehen und besaß auch ein wenig medizinische Kenntnisse. Manchmal verabreichte er ihr eine Injektion oder Tabletten, nur eines schien verwunderlich, warum die Brüche nicht durch Röntgen untersucht worden waren. Ein Krankenhaus war möglicherweise weiter entfernt, doch für einen Helikopter wohl kaum unerreichbar gewesen. Warum lag sie hier bei zwei Menschen, die ihr wohl das Leben gerettet hatten, aber sie nicht doch in ein Krankenhaus brachten? Transportfähig war sie inzwischen und in solch einer Einrichtung hätte sie bestimmt auch eine Möglichkeit gefunden, ihre Eltern zu benachrichtigen. In vielen Filmen sah man Helikopter Einsätze und hilfsbereite Menschen, die sofort einen Verletzten ins Krankenhaus brachten - alles im typisch menschlichen Stil. Aber es war eben die Filmwelt und diese wahr fern von der bloßen Realität.

Sie wurde in dieser Einöde gesund gepflegt und man durfte nicht ausschließen, ob Crying Hawk überhaupt ein examinierter Arzt war. Wer sagte, dass er sein Examen überhaupt bestanden hatte, John konnte lügen oder sich selbst irren. Vielleicht fiel sie zwei Verbrechern in die Hände, die sie durch Zufall fanden und aus irgend einem Grund nicht umbrachten und für ihre Zwecke benutzten. Die Überlegungen hörten nie auf, mit Ausnahme der letzten Nacht. Sie schlief wunderbar, ohne jeden Gedanke an die ferne Zukunft, die sie fasst jede Stunde quälten und nie zu einer wahrheitsgemäßen Antwort führten.

»Der Teller ist leer, also hat es geschmeckt.« John unterbrach abrupt ihre Gedanken für wenige Augenblicke.

»Ja, es war sehr gut.«

»Willst du noch einen Nachtisch?«

»Was gibt es denn?«

»Schokoladeneis, wenn du willst.«

»Ja, gern.« Katharina lächelte ihn freudig an.

»Ich denke mir, dass ein Eis niemand abschlagen kann.«

»Nein, ein Eis hat in meinem Magen immer Platz.«

John verließ lachend den Raum und holte vermutlich das Eis. Crying Hawk saß jedoch noch am Tisch und aß mit den Händen den Fisch, sah aber währenddessen zu ihr hinüber.

»Schmeckt dir der Fisch?«

»Ja.«

»Ich mag ihn auch gebraten.« Katharina versuchte mit Crying Hawk ein Gespräch aufzubauen, was ihr jedoch nicht ganz gelang, da kurz darauf wieder John mit einer großen Portion Eis zurückgekehrt war.

»So, hier ist dein Eis. Lass es dir schmecken.«

»Das werde ich.«

Sie aß langsam das Eis, dass wie überall beinahe gleich schmeckte. Auch John und Crying Hawk aßen anschließend ein Eis und räumten danach gemeinsam den Tisch ab. Im Grunde machten sie vieles zusammen, was Katharina plötzlich zu einem anderen Gedanke brachte. Waren die beiden etwa schwul? Crying Hawk hatte, John mit ihr betrogen und reagierte deshalb wieder so schweigsam, das wäre zumindest eine Erklärung. Aber beide sahen mit typischen Männerblicken nach ihrem Körper, was nicht darauf schloss, dass sie unbedingt schwul waren. Aber nicht auszuschließen war, dass sie bisexuell veranlagt sein konnten. Diese Gedanken waren doch mehr als Quatsch, warum konnten zwei Junggesellen nicht wie eine Frau den Haushalt führen. Irgendwer musste doch den Abwasch und den Einkaufszettel machen, wobei es die anderen Haushaltstätigkeiten nicht ausschloss. John konnte man eigentlich nicht zu einem Bisexuellen oder Schwulen zählen, er wirkte schon eher danach, dass ausschließlich Frauen in seinem Leben eine Rolle spielten. Aber Crying Hawk brachte mit seinem Verhalten mehr Rätsel auf. Möglicherweise war er der Jenige der schwul und zugleich ein mehrfach gesuchter Mörder sein konnte. Wer sagte, dass ein Arzt nicht auch einmal all seine psychischen Kenntnisse vergaß und Selbst dem Wahnsinn verfiel. Es gab genügend Fälle von welchen man immer wieder in den Tagesmeldungen hörte. Meistens wurden irgendwelche Personen festge halten und später umgebracht. Doch alles ergab keinen Sinn, weil man sie heilte und verköstigte, ein Mord wäre tatsächlich sinnlos. Gleichwohl man sich auch darauf beschränken musste, dass geistig verwirrte Menschen in der momentanen Bedeutung ein anderes Sinnbild sahen. Er war vielleicht davon überzeugt, das sie erst gesund sein musste um zu sterben, aufgrund irgendeiner indianischen Legende.

Katharina ging die Unterhaltung, welche sie vor wenigen Tagen zwischen John und Crying Hawk vernommen hatte, noch immer nicht aus dem Sinn. Sie war davon überzeugt, dass beide irgendetwas im Schilde führten.

Sie lag alleine in diesem Raum, der jedoch nicht kahl und kalt wie ein Klinikraum wirkte. Trotzdem sorgte er neben der eigentlich häuslichen Umgebung für Besorgnis. Sooft Katharina auch einen Grund dafür suchte, sie konnte keinen finden, der nicht mit Vorurteilen versehen war. Außer schlafen, essen und wieder schlafen, machte sie den ganzen Tag nichts. Aber die Stunden vergingen trotzdem schnell und nicht schleichend. Während sie wieder in Gedanken vertieft an die Wand vor sich starrte, hörte sie einen Wagen, dessen Motorengeräusch immer näher kam. Es war weder der Wagen von Crying Hawk, noch der von John. Der Motor klang anders, ganz anders er summte mehr und beim näher Kommen erklang ein Bass, er konnte nur vom Radio stammen, das außerhalb nicht zu hören war. Der Wagen parkte später direkt neben ihrem Fenster und verdunkelte etwas den Raum. Es war auch ein Geländewagen, aber kein Pick-up mit riesiger Ladefläche. Die Lackierung neu metallic, die Reifen machten keine dreckige Erscheinung. John stand direkt hinter dem Wagen und umarmte einen anderen Mann, der noch jünger als Crying Hawk war. Sein Haar ebenfalls beachtlich lang, schwarz und in der Sonne wie mit einem Blauschimmer versehen, glänzte. Er unterhielt sich zunächst eine ganze Weile mit John, bis Crying Hawk sich zu beiden dazu gesellte. Er hielt ein Sixpack Bier in seinen Händen und verteilte sofort drei Dosen. Kein Zweifel, diesmal war es Bier und jedes andere Getränk konnte ausgeschlossen werden. Katharina klammerte sich am Fensterbrett fest und beobachtete die Drei. Sie versuchte herauszufinden, über was sich die Männer unterhielten. Aber außer häufigem Lachen und freundschaftlichen Gesten konnte sie nicht viel erkennen, vernehmen oder deuten. Plötzlich spielte innerliche Furcht mit ihr und sie wurde den Gedanken nicht los, dass er später ihren Leichnam verschwinden lassen sollte. Möglicherweise machten sie sich darüber lustig. Wieder rollte Angstschweiß von der Stirn und auf einmal erblickte sie hinten im Wagen Felle die zu einem beachtlichen Bündel gebunden waren und einen Stapel stabiles Geäst, das hinten noch etwas zum Kofferraum herausragte. Das Geäst konnte Feuerholz sein und das Fell möglicherweise für Decken oder auch als Teppiche dienen. Eher Teppiche, denn als Decken wirkten diese irgendwie schwer. Sicherlich konnte sich Katharina auch täuschen, und er wollte Felle und Feuerholz verkaufen und verhandelte über einen guten Preis. Bei diesem Gedanke wurde sie auch innerlich wieder ruhiger und legte sich erschöpft zurück. Allmählich begann ihr Bein durch den Gips zu jucken und sie lenkte sich nun ein wenig damit ab, indem sie etwas suchte um sich zu kratzen. Bald darauf wurde sie fündig und erblickte auf dem Tisch gegenüber eine Fliegenklatsche deren Stiel schmal und lang war, so dass sie gut damit unter den Gips gleiten konnte.

Sofort versuchte sie langsam aus dem Bett zu steigen was ihr auch gelang, aber da war wieder dieses Schwindelgefühl und alles wirkte doppelt und in mancher Sekunde sogar dreifach. Die Gehirnerschütterung war also noch nicht besser geworden und trotzdem gelang es ihr langsam, die Fliegenklatsche zu holen. Als sie wieder ins Bett zurückkehrte, fühlte sie sich deutlich wohler, erst recht nachdem sie dieses Jucken beseitigen konnte. Alles was ihr durch den Kopf ging half nicht und ihr blieb keine Wahl, außer auf baldige Genesung zu hoffen.

Irgendwann vernahm sie wie einer der Männer eine Wagentür öffnete. Sofort versuchte sie sich wieder aufzurichten, was er staunlich gut gelang. Der junge Mann hatte den Kofferraum geöffnet und holte das Bündel Fell und das Geäst heraus. Danach standen sie davor und betrachteten es, bevor sie alle Hand anlegten. Anschließend fuhr jedoch John den Wagen weg und stellte ihn etwas weiter vom Haus entfernt ab. Währenddessen schienen Crying Hawk und der andere Mann das Geäst zu sortieren. Nachdem John zu beiden zurück gekehrt war, öffnete er eine Schnur, mit welcher das Bündel Felle zusammengebunden war. Dann breitete er jedes Fellstück einzeln aus und legte es vor sich nieder. Katharina fand es eigentlich interessant und gerade jetzt verließen sie ihre Kräfte. Enttäuscht legte sie sich zurück und versuchte immer wieder mit einem Blick aus dem Fenster zu spähen. Doch die Kräfte verließen sie in immer kürzeren Abständen. Wieder kam diese Müdigkeit, die jedoch nicht stark ausgeprägt war, dass es zum Einschlafen reichte. Sie starrte an die Wand und begann die Holzlatten über ihr an der Decke zu zählen. Immer wieder begann sie von vorn, wenn ihre Augen nicht mehr weiter nach hinten sehen konnten. Irgendwann hatte sie von diesem Spiel genug und plötzlich ging die Tür auf, es war John der mit dem ihr unbekannten Mann hereintrat.

»Siehst du, das ist unser scheues Reh, von welchem ich dir berichtet habe, sie heißt Kathy.«
Katharina sah ihn an und auch er begann sofort ihr freundschaftlich die Hand zur Begrüßung zu reichen und unterließ dabei das Lächeln nicht.
»Kathy, das ist mein Sohn Flying Wing.«
»Hallo, ich freue mich dich kennen zu lernen, Flying Wing.«
»Ich mich auch, aber nenn mich lieber TJ - Thomas James, so nennt mich jeder im College.«
»Gut TJ.«
»Geht es dir besser?«
»Nein, jetzt beginnt das Bein unter dem Gips zu jucken und mein Kopf schmerzt wieder mehr.«
»Weißt du er studiert Literatur und möchte einmal auch ein

großer Schriftsteller werden. Er kann gute Geschichten erzählen, aber mit einer Schreibfeder kann er irgendwie nichts anfangen,« erklärte John lachend und gab seinem Sohn einen freundschaftlichen Stoß.

»Für mich wäre schreiben eine Qual, ein gesamtes Buch nur noch Folter,« erwiderte Katharina lachend.

»Nein, in Geschichten, können wir unsere Phantasien ausleben, ohne die Realität zu verändern.«

»Ja, das ist eine gute Bezeichnung dafür,« sagte John und verließ den Raum. TJ blieb noch an Katharinas Bett stehen und sah sie etwas schüchtern an. Auch er war groß und muskulös, sein Gesicht beinahe kindlich, obwohl seine Bartstoppeln doch ganz männlich waren.

»Was macht deine Mutter? Ist sie auch hier?«

»Nein, sie hat vor langer Zeit schon den Fluss überquert und eine lange Reise angetreten.«

»Sie hat euch verlassen- am Fluss?« Katharinas Gesichtsausdruck zufolge konnte TJ deutlich erkennen, dass sie ihn nicht ganz verstanden hatte.

»Nein, ich wollte damit sagen, sie ist bereits gestorben.«

»Das tut mir Leid. Na ja ich habe oft Schwierigkeiten mit gewissen Redewendungen umzugehen und außerdem wollte ich es nicht ins lächerliche ziehen. Aber ich habe ehrlich gesagt noch nie von solch einer Redewendung gehört.«

»Das ist verständlich, du kommst wie ich hörte aus Europa, nicht wahr?«

»Ja, und am liebsten würde ich auch wieder dort sein. Nichts gegen Amerika, aber ich habe mir meinen Urlaub ein wenig anders vorgestellt.«

»Das kann ich mir vorstellen. Aber bei Onkel Hawk und meinem Dad bist du gut versorgt.«

»Ja, wäre dein Onkel Hawk nicht häufiger so seltsam, dann wäre manches anders.«

»Er ist eigentlich mir gegenüber nie seltsam gewesen. Im Gegenteil er erzählt gerne Geschichten und ist anderen Men schen gegenüber aufgeschlossen.«

»Tja, bei mir ist er es jedenfalls nicht.«

»Kann daran liegen weil du eine Weiße bist.«

»Das habe ich ihn bereits gefragt und er hat es verneint.«

»Hmh. Dann ist er möglicherweise nur zeitweilig in Gedanken vertieft.«

»Was macht dein Dad beruflich?«

»Mom hasste seinen Job, er ist Kopfgeldjäger. Aber bisher hatte er angeblich nie einen Straftäter gefasst - zumindest sagte er das. Geld hatten wir immer, also machte ich mir zunächst Gedanken. Als ich ihn später einmal darauf ansprach, sagte Dad zu mir, jemand der sich ständig Gedanken macht lebt kürzer, als Jemand der unwissend ist.«

»Aha...das sagte er also. Na er wird damit schon Recht haben.«

»Ja, er ist ein weiser Mann.«

»Ist er ein Häuptling?«

»Nein.«

»Was machst du hier?«

»Ich habe Ferien und werde hier etwas Zeit verbringen. Dad holt morgen Früh in der Stadt Pferde und wir werden gemeinsam ausreiten.«

»Pferde?«

»Ja, sein Nachbar hat eine Farm und der verleiht auch Pferde. Die Farm ist weit draußen. Gibt es das bei euch in Europa nicht?«

»Nein, entweder man hat ein eigenes Pferd oder ein Pflegepferd, verliehen werden diese Tiere bei uns nur selten, außer in einem Freizeitpark für eine halbe Stunde oder so.«

»Es macht Spaß in der Wildnis zu reiten und zu jagen, mit Dad ganz besonders,« erzählte er freudig wie ein Teenager.

»Wie alt bist du?« Katharina sah ihn fragend an. Sie schätzte ihn auf 18 wenn sie damit nicht komplett daneben lag.

»Ich bin 25.«

»25? Du wirkst viel jünger.«

»Das sagen viele, eigentlich alle denen ich begegne.«

»Hast du eine Freundin?«

»Ja, sie will mich vielleicht besuchen, bisher tat sie's nie.«

»Ist die Stadt weit von hier entfernt?«

»Nein, eventuell acht bis zehn Meilen, höchstens. Passend wäre eher Dorf, nicht Stadt«

»Keine vierzig Meilen?«

»Nein.... wie kommst du darauf?«

»Einfach nur so.....,« sie sah ungläubig zum Fenster hinaus und meinte dann, »kannst du morgen Früh in der Stadt ein Telegramm zu meinen Eltern aufgeben?«

»Warum nicht noch heute? Ich will sowieso noch mal in die Stadt zu meiner Freundin.«

»Gut dann gebe mir dort drüben den Block, ich werde dir den Text notieren.«

»Einverstanden, aber wäre es nicht besser wenn wir es faxen würden? Das geht schneller und deine Eltern haben es umgehend.«

»Ja, das stimmt - dann sende ein Fax. Ehm,.... und teile es nach Möglichkeit niemandem mit, wie deinem Dad, oder Onkel Hawk.«

»Warum? Stimmt was nicht?«

Doch, ich bin...etwas....ich bin nur vorsichtig.«

»Achso.«

Daraufhin schrieb Katharina einen kurzen Text, merklich kreickselhaft, mit der linken Hand und darunter in ihrer Landessprache einen Hilferuf, der deutlich den Ort beschrieb und besagte dass sie vermutlich fest gehalten wurde und verletzt war.

»So, nimm diesen Zettel und faxe es noch heute unter dieser Nummer zu meinen Eltern, okay?«

»Ja, kein Problem. Was heißt das dort unten. Ich kann das nicht lesen?«

»Es ist meine Sprache und bedeutet, dass ich meine Eltern unwahrscheinlich liebe und das es mir sehr gut geht.«

Lächelnd faltete er den Zettel mehrmals zusammen und steckte ihn in seine Tasche der Jeansweste. Danach verließ er den Raum und lief wieder hinaus zu Crying Hawk und John.

Katharina dagegen bekam weitere Zweifel, da er den Weg in die Stadt deutlich kürzer erklärte. Vierzig und zehn Meilen waren doch ein großer Unterschied und da er mit dem Wagen fuhr, kannte er den Weg genau und natürlich auch die Meilenanzahl. Warum sagte John nicht die Wahrheit? Es war eigentlich normal, dass man mit seinen Eltern Kontakt aufnehmen wollte, aber es gab bestimmt für dieses Schweigen und ständiges hinhalten einen Grund.

TJ fuhr kurze Zeit später nochmals mit dem Wagen weg und anscheinend hatte er nicht gelogen. Jetzt musste Katharina nur hoffen dass er das Fax auch abschicken würde. Doch sie wusste nicht warum, aber aus irgendeinem Grund vertraute sie ihm von allen dreien am meisten.

Nachdem er weg war sah Crying Hawk nach ihr und brachte wieder etwas zum Essen - eine Gemüsesuppe und Brot dazu. Sie schmeckte sehr würzig und hatte einen scharfen Nachgeschmack. Dann wie jeden Abend das Selbe, erst eine Spritze in den Oberarm und wieder drei rote Tabletten.

»Das wird deine Schmerzen lindern und für einen guten Schlaf sorgen,« sagte er lächelnd.

»Wo ist TJ hingefahren?«

»In die Stadt.«

»Was macht er dort?«

»Übernachten.«

»Wieso kommt er nicht wieder zurück?«

»Bei dieser Entfernung würde er erst spät am Abend wieder hier sein.«

»Entfernung?«

»Hundert Meilen ist ein langer Weg.«

»W....was...hundert Meilen?«

»Ja und jetzt schlaf ich werde nach her nochmals nach dir sehen.«

»Wieso hundert Meilen, ich verstehe nicht ganz....ich verste

67

he es nicht?«

»Versuch jetzt zu schlafen, sehr bald werden die Medikamente ihre Wirkung zeigen.« Er erwiderte allerdings keine Antwort auf ihre Fragen.

Katharina begann sich alles im Kopf zu drehen, obwohl sie deutlich im Gedächtnis den Abdruck ihrer kritzeligen Handschrift sah, zweifelte sie sogar daran, dass sie den Brief überhaupt geschrieben hatte. Denn eigentlich konnte sie überhaupt nicht links schreiben, aber die Situation musste es unweigerlich von ihr gefordert haben. Allmählich wirkten die Medikamente und dennoch ließen die Zweifel Katharinas Gedächtnis nicht los. Entweder war sie in einem endlosen Alptraum gefangen und würde im Flugzeug, kurz vor der Landung erwachen oder das was sie im Moment durchlebte war reine Realität. Das Letztere war es ohne Zweifel und trotzdem setzte sie all ihre Hoffnung auf TJ, dass er das Fax absenden würde, so wollte sie ihm nicht mit großer Überzeugung Glauben schenken. Er wirkte wohl freundlich, doch ihre Menschenkenntnis war bisher immer fehlgeschlagen, sie konnte selten Gutes von Bösem mit hinterlistigem Vorhaben erkennen. Irgendwann schlief sie ein und erwachte erst am darauf folgenden Morgen. Crying Hawk lag überraschender Weise neben ihr und sie hatte es nicht einmal bemerkt. Wieder war irgendetwas anders als sie aufwachte. Es war nicht ein frisches Gefühl am Körper oder Glücksempfinden, diesmal fehlte ihre Leibbinde. Sie griff, wie durch Geisterhand bewegt, zu ihrem Oberkörper und tastete diesen langsam ab. Danach sah sie zu Crying Hawk der längst seine Augen auf sie gerichtet hatte.

»Na, gut geschlafen?«

»Ja, das schon, aber... .« Katharina stockten plötzlich die Worte im Mund. Denn ihre Rippen konnten nicht in wenigen Tagen verheilt gewesen sein.

»Was aber?«, fragte er ruhig und küsste sie zärtlich auf den Mund.

»Mein Verband, er ist weg.«

»Ja und?«

»Meine Rippen können nicht so schnell verheilt sein. Das ist nicht möglich.«

»Wieso verheilt? Ich habe davon nichts erwähnt.«

»Warum ist der Verband nicht mehr da?«

»Du brauchst ihn nicht mehr, das ist doch schön, oder etwa nicht?«

»Schon.....aber.... ich,« Katharina stotterte, bis sie wieder zu ihren Worten fand und meinte, »ich begreife vieles nicht, es ist alles so real und dann wieder wie ein Traum, eine Täuschung.«

»Viele Dinge die wir für unbegreiflich halten, sind durchaus möglich, wir müssen es nur richtig deuten lernen.«

»Hier stimmt etwas nicht und das weißt du.«

»Was soll denn nicht stimmen?

»Na alles. John, du und TJ. Vieles ist so widersprüchlich.«

»Widersprüchlich?«

»Ja.«

»Vermutlich macht dir die Gehirnerschütterung noch etwas zu schaffen, aber dein Schädel wurde nicht verletzt.«

»Verdammt, es ist nicht meine Gehirnerschütterung! Es ist die Umgebung, eure unterschiedlichen Aussagen.«

»Welche Aussagen?«

»Na zum Beispiel mit der Stadt, einer sagt vierzig Meilen ein anderer zehn und dann sind es plötzlich wieder hundert Meilen Entfernung dorthin. Was stimmt denn nun?«

»Es kommt darauf an welche Stadt du meinst, hier im Umkreis gibt es mehrere Städte.«

»Natürlich und jetzt ist endlich die große Preisfrage an der Reihe. Welche Stadt ist es?«

»Ja.«

»Ja, glaubst du ein Adler fliegt zufällig am Fenster vorbei, mit einem Zettel im Schnabel, worauf die drei Namen der Städte stehen?«

»Das ist fraglich,« gab er zur Antwort und zündete sich eine Zigarette an. Er reagierte wie immer sehr sachlich und ruhig.

»So, ist es das? Allmählich habe ich das Gefühl, ich werde hier gegen meinen Willen fest gehalten.«

»Ja und vermutlich auch ein Hirngespinst wie der Mord, den wir an dir begehen wollen.«

»Richtig, du hast es erfasst.«

»Ja, ich denke du musst doch noch eine Weile schlafen und wenn du ausgeruhter bist, kannst du ein wenig draußen in der Sonne sitzen.«

»Wie soll ich jetzt ans schlafen denken, wenn ich rasend vor Wut bin?«

Daraufhin stand er vom Bett auf und verließ nur mit einer knappen Unterhose bekleidet den Raum. Bald kam er mit einer Spritze wieder die eine gelbliche Flüssigkeit enthielt.

»Was ist das?«

»Ich wette, dass ich die Antwort kennen werde,« gab er zurück und sah sie ausdruckslos an.

»Es ist Gift. Stimmt's es ist Gift!«, schrie sie und stand mit einem Ruck vom Bett auf.

»Nein. Aber falls es dich interessiert, ich hätte die Wette gewonnen.« Er legte die Spritze auf den Tisch und versuchte sie in seine Arme zu nehmen, doch Katharina verhielt sich ihm gegenüber plötzlich apathisch und vollkommen verwirrt.

»Oh nein, es interessiert mich nicht, ich möchte jetzt nur noch hinaus, weg von hier und weg von dieser krank machenden Isolation. Hast du das kapiert?«

»Ja, sehr deutlich,« entgegnete er ohne weiter auf sie zuzugehen und nachdem John ebenfalls und völlig ahnungslos den Raum betrat, schienen ihre verstörten Sinne völlig außer Kontrolle zu geraten. Sie lief, wenn auch humpelnd und so gut es ging aus dem Haus und versuchte schneller zu laufen, was auf verwunderliche weise sogar klappte. Sie lief wieder in den Wald und dennoch war es erneut nur ein einziges umherirren. Sie selbst hätte es nie eingestanden, trotzdem hatte sie keinen Anhaltspunkt oder ausgeprägten Orientierungssinn. So lief sie einfach nur geradeaus und umging abgeholzte Baumstämme oder Wurzeln. Immerzu sah sie sich um und wieder verfolgte sie keiner, weder John noch Crying Hawk. Völlig außer Atem setzte sie sich auf den Waldboden der komplett mit heruntergefallenen Tannennadeln besät war. Ohne Zeitgefühl irrte sie umher und inzwischen konnten Stunden vergangen sein doch das war ihr egal, die Hauptsache nur weg von diesem Haus und diesen beiden undurchschaubaren Menschen. Aber irgendwie ahnte sie, dass auch bei diesem Ausriss etwas schief gehen würde. Sie unterließ es darüber nachzudenken, denn sie fand sich in der momentanen Situation ohnehin nicht zurecht und sollte jetzt plötzlich die gute Begabung besitzen in die Zukunft sehen zu können. Dieser Gedanke war wohl schwachsinniger als alle anderen zuvor und während sie wütend und völlig ausgelaugt umherlief; schnappte etwas direkt unter ihrem Fuß zu. Der Krach hallte im Wald, begleitet von ihrem lauten Aufschrei den man ganz gewiss meilenweit hörte. Es war eine Falle gewesen, die sie unter der guten Tarnung eines Busches nicht gesehen hatte. Einen Teil des Gipses hatte es weg geschlagen und dieser Teil des Fußes schmerzte nicht nur fürchterlich, sondern blutete auch stark. So lag Katharina schreiend am Boden und sie verspürte dabei auch keinen Grund, das Schreien zu unterlassen. Irgendwann vernahm sie eilige Schritte, die immer näher kamen. Es war weder Crying Hawk, noch John. Aber ein anderer Mann, der die Uniform eines Beamten trug. Sein Gesicht war völlig entstellt und auch er äußerte sich nicht als er sie aus der Falle befreite. Was danach geschah, konnte Katharina nicht mehr verfolgen, sie verlor ihr Bewusstsein. Während er sie vom Unfallort weg transportierte, erwachte sie für einen Augenblick und merkte, dass er sie über seinen Schultern trug. Sie hing mit dem Kopf nach unten und dabei schien das Blut nur noch in ihren Kopf zu schießen. Sie spürte quälende Schmerzen und einen eigenartigen Kopfdruck, danach Leere begleitet von Dunkelheit. Katharina erwachte wieder in der gewohnten Umgebung, ihr Körper schwer wie ein Felsblock.

John saß neben ihr und wischte ihre Stirn mit einem kühlen

feuchten Tuch ab. Als sie ihn ansah, sprach er in ruhigen Worten auf sie ein. »Du hast viel Blut verloren, aber du wirst wieder gesund, wenn du nicht noch einmal solch einen Ausflug unternimmst.«

Katharina sah langsam um sich und dann zu ihrem Bein, das in der Falle eingeklemmt war. Ein frischer Gips haftete um ihr Schienbein, sowie die letzten beiden Zehen waren mit einem Verband verbunden.

»Was ist geschehen?« Dabei sah sie benommen um sich.

»Du hattest wahrscheinlich wieder eine Halluzination und bist aus dem Haus geirrt, als wir draußen beim Holzhacken waren. Ein Wildhüter fand dich und brachte dich zu Crying Hawk, ohne zu ahnen, dass wir dich bereits überall gesucht hatten,« erklärte er und dabei vernahm sie den Duft von frisch gebrühtem Kaffee.

»Wie spät ist es?«

»Kurz nach Drei Uhr nachmittags.«

»Wie lange habe ich geschlafen?«

»Sehr lange.«

»W-i-e l-a-n-g-e?« Ihre Frage wirkte dabei energischer und seine Erklärung klang für sie erneut nach einer Lüge.

»Fasst einen ganzen Tag.«

»Ihr wart dabei, als ich weglief. Doch ihr seid mir nicht hinterher gelaufen. Ich lief humpelnd hinaus, weil Crying Hawk unglaubwürdig klang, was seine Erzählung und die Entfernung der Stadt betraf. Hinzu kommt noch diese eigenartige Spritze mit der gelben Flüssigkeit. Ich vermutete es wäre Gift.«

»An diesen Moment erinnere ich mich und auch daran als er dir die Injektion verabreichte, was dir das Laufen vermutlich erleichterte. Aber danach brachten wir dich wieder in das Bett und nachdem du eingeschlafen warst, verließen zuerst er und dann ich den Raum und gingen Holzhacken.«

»Diese Variante hört sich gut an, ist aber eine Lüge und du weißt es.«

»Du bist tatsächlich wie ein Reh, scheu, ohne Vertrauen und

immer bereit für die Flucht.«

»Ich bin kein Vergleich zu einem Tier. Ich bin zufälligerweise ein Mensch, mit einem Verstand, den ich hier vermutlich irgendwann verlieren werde. So viel Widersprüchlichkeit findet man nicht oft im Leben.« John erkannte deutlich ihren Zorn und ihre frustrierte Gemütslage. Was ihn jedoch nicht dazu veranlasste, mit Ungeduld zu reagieren.

Crying Hawk brachte den Kaffee herein und lächelte sie liebevoll an.

»Ich hoffe du hast ein wenig Appetit auf Kekse mit Kokosfüllung. Ich mag sie sehr gern.«

»Nein, ich will nur in ein Krankenhaus.«

Beide Männer sahen sich gegenseitig und stillschweigend an. Diese Blicke wirkten hilflos und am Ende ihrer menschlichen Kräfte angelangt. Doch wer sagte, dass das keine Schauspielerei war, eine Täuschung? Sie wusste alles genau und niemand konnte sie von etwas anderem überzeugen. Sie lief aus dem Haus als beide in ihrer Gegenwart waren, doch keiner hinderte sie daran. Diese Erinnerung war in ihr Gedächtnis eingebrannt, eingebrannt wie ein Brandmahl. Während Katharina an die Wand starrte und weder den Kaffee noch einen von den Keksen nahm, stellte Crying Hawk seine Kaffeetasse ab. Er setzte sich zu ihr an das Bett und sang wieder dieses Lied, das er schon mehrmals gesungen hatte und was sie deutlich zu einer inneren Ruhe brachte. Erst danach nahm sie den Kaffee und die Kekse an, wobei er zumindest mit den Keksen Recht behielt und diese tatsächlich sehr gut schmeckten.

Nach dem Kaffee war sie wieder alleine im Zimmer, während die Männer draußen an einem kuppelförmigen Gebäude arbeiteten. Katharina verspürte in ihren Zehen kein Gefühl, was ihr jedoch kein Kopfzerbrechen bereitete. Trotzdem gab es in allen Punkten ein Für und Wider. Widersprüche die, die Realität hinter eine ungenaue Fassade setzten. Diese beiden Männer kannte der Wildhüter und deshalb brachte er sie zu ihnen. Aber auch ihm war es anscheinend nicht in den Sinn gekommen, sie in ein Krankenhaus zu bringen. Also musste die nächste Stadt weiter weg sein und in der, von welcher TJ sprach, gab es keine medizinische Einrichtung. Eine andere Variante war, dass der Wildhüter nur in ihrer Phantasie existierte und John deshalb davon berichtete, weil sie in ihrem Zustand von ihm phantasierte. In Wirklichkeit trug sie John oder Crying Hawk zurück, nachdem beide ihren Fuß aus der Falle befreit hatten. Diese und andere Zweifel kamen in Katharina auf und wo es eine Befürwortung gab, gab es ein Dutzend mehr Widersprüche.

Deshalb legte sie sich zurück, da ihr ohnehin auch nichts anderes übrig blieb. Sie döste ein und nachdem sie erwachte, hatte sie das Gefühl kaum geschlafen zu haben.

»Na, geht es dir wieder besser?«, unterbrach eine vertraute Stimme die Stille im Raum.

Katharina legte ihren Kopf zur Seite und erblickte TJ.

»Ich denke schon.«

»Ich habe dein Fax nicht weg senden können, die hatten bereits geschlossen. Aber ich werde es wieder versuchen, wenn ich nach dem Ausritt in die Stadt zurückgehe, einverstanden?«

»Ich habe es irgendwie geahnt und selbst wenn ich nicht damit einverstanden wäre, ich hätte wohl kaum eine Wahl, oder?«, mürrisch war ihr Blick, zugleich ihr Inneres Empfinden mit Wut und Depression gemischt.

»Ehrlich, ich konnte nichts machen, ich dachte die hätten länger offen.« TJ verstand überhaupt nicht diese Reaktion und dennoch unterließ er es weiter eine Erklärung abzugeben.

Katharina sah zu ihm und währenddessen standen ihr Tränen in den Augen.

»Du fühlst dich nicht sehr wohl, oder?«

»Ach TJ, ich lebe oft weit entfernt von der Realität und dann wieder in einer Welt die mir das Paradies zu bieten versucht. Leider ist diese Art zu leben auf Dauer nicht besonders gut.«

Mit fragwürdigem Blick sah er zu ihr, denn irgendwie konnte er ihren Worten nicht richtig folgen. Sie lag vor ihm, eigentlich hübsch, intelligent und einer Figur die Männerherzen höher schlagen ließ. Aber ihre Wortverbindungen passten manchmal tatsächlich nicht zusammen, TJ nahm daraufhin ihre Hand.

»Ich weiß was das für ein Gefühl ist, ich selbst habe das auch mal durch gemacht, als ich eine schwere Gehirnerschütterung hatte. Dasselbe machst du jetzt auch mit. Aber das geht irgendwann vorbei.«

»Oh nein, ich weiß sehr wohl was ich erlebte und vieles davon wird völlig neu formuliert, so dass ich verwirrt werde. Ich wette, dass es gar keinen Wildhüter gibt. Da liege ich doch nicht falsch, oder?«

»Nein, eigentlich nicht.«

»Was meinst du damit, - mit 'eigentlich'?«

»Na, hier gibt es viele Wildhüter, wegen den Wilderern und so.«

»Siehst du, das meinte ich, ich wurde von keinem Wildhüter hier her zurückgebracht.«

»Doch, aber Dad und Onkel Hawk waren zu dieser Zeit im Wald und suchten nach dir, nur ich war hier.«

»Tatsächlich?«

»Ja, es war Wildhüter Jason.«

»Ach was du nicht sagst, der Wildhüter Jason brachte mich zufälligerweise hier her.«

»Ja, das tat er, wo solltest du denn sonst hin gebracht werden?«

»Zu Abwechslung in ein Krankenhaus das möglicherweise acht bis zehn Meilen von hier entfernt liegt.«

»Wo?«

»Wo? Verflucht, in der Stadt von welcher du gesprochen hast!«

»Ach so. Aber die ist nicht sehr groß, die hat glaube ich nur eine Praxis von einem Tierarzt. Die meisten rufen nach Onkel Hawk, wenn sie einen richtigen Arzt brauchen.«

»Ach deshalb ist er so beschäftigt, weil er nie Patienten hier hat.«

»Aber du schläfst auch viel, er geht jeden Tag weg. Möglicherweise hast du es bisher nicht mitbekommen, was für deinen Zustand nicht ungewöhnlich wäre,« wie er das sagte, ebenso ruhig und gelassen wie sein Vater. Lag das an der Menschenrasse oder einfach nur an dieser Natur ringsum. Hier gab es keine Hektik, kein Stadtlärm oder große Aufregungen. Das war die vermutliche Erklärung zumindest für die langsame Arbeitsweise.

»So dann müssen wir uns wohl darauf beschränken, dass ich die meiste Zeit geschlafen habe während dein Onkel arbeitete.«

»Ja, ich weiß es aber auch, weil ich manchmal nach dir sehe.«

»Du?«

»Ja ich.«

»Ich denke du studierst, an einem College?«

»Tu ich auch, aber im Moment habe ich Ferien, weißt du das nicht mehr?«

»Doch, wo ist dein Vater?«

»Der holt die Pferde, wir mussten wegen dir alles aufschieben. Dad war sehr besorgt.«

»So war er das?«

»Ja das war er. Er will dir helfen, weißt du. Er sagt du bist ein krankes Reh, das man sehr langsam an die Situation anpassen muss.«

»Ein Reh, aha.«

»Du vertraust uns nicht, warum?«

»Warum? Das ist einfach zu erklären, weil jeder von euch etwas anderes schildert. Der eine redet von einer Stadt die vierzig Meilen weg ist, die andere Großstadt liegt hundert Meilen weit weg und dann sind es wieder nur zehn Meilen zu einem Dorf. Was stimmt denn nun?«

»Alles,« gab er mit ehrlichem Gesichtsausdruck zurück.

»Wie, alles?«

Katharina schien außer sich zu sein, noch immer hatte sie das

Gefühl, dass irgendetwas nicht stimmte. Nur was, das wusste sie nicht und diese Ungewissheit trieb sie fasst in den Wahnsinn, der wie ein treuer Wächter neben ihr zu wachen schien.

»Jede Aussage stimmt, nur kommt es darauf an, welche Stadt du meinst. Onkel Hawk hat eine kleine Privatklinik in Forrest Springs, das liegt hundert Meilen von hier entfernt und dort ist er auch nur dreimal in der Woche, während dieser Zeit passt Dad auf dich auf. The City of Watersprings liegt vierzig Meilen von hier entfernt und dort ist Dad mit mir zu Hause hat aber hier oben mit Onkel Hawk die Hütte gebaut, da sich die Umgebung optimal zur Erholung bot. Ich habe meine Freundin in Patrol Town und die ist etwa acht bis zehn Meilen von hier entfernt. Verstehst du jetzt warum dir jeder eine andere Antwort gab?«

»Nein.«

»Nein? Das verstehe ich jetzt auch nicht.«

»Tja, da haben wir jetzt endlich etwas gemeinsam. Ich verstehe nämlich nichts und wenn ich es begriffen habe kommt schon wieder eine andere Erklärung.«

»Onkel Hawk wird es dir erklären.«

»Ich brauche keine Erklärung. Ich habe begriffen, dass man mich umbringen will und zwar sehr bald, nur warum man mich zuvor noch heilen will, das begreife ich ehrlich gesagt nicht.«

»Umbringen? Wer sollte das tun?«

»Dein Dad, du und dein Onkel.«

Aber in diesem Moment musste sie wohl doch etwas in TJ wachgerüttelt haben, da er plötzlich aus seiner Ruhe gerissen wurde und aus dem Zimmer stürmte. War ihre Vermutung doch richtig? Oder er wurde an etwas erinnert, was für ihn einen schmerzlichen Verlust bedeutet hatte. Katharina sah wieder aus dem Fenster und blickte in die Wälder. Die Idylle war perfekt, perfekt für einen Mord der nie geklärt werden konnte. Niemand, außer ihre Eltern vermissten sie und wie sollte nur ein Mensch darauf kommen, dass sie die letzten Stunden in einer Hütte ver brachte. Erst jetzt dachte sie darüber nach wenn einer ihre Papiere in dem Wagen finden würde, auch derjenige wüsste nicht wo er suchen sollte. Sie war spurlos verschwunden. Doch nach allem was sie bisher erlebte konnte man durchaus davon ausgehen, dass niemand den Wagen fand oder als Unfallfahrzeug betrachtete. Möglicherweise hatten Verrückte den Wagen dort hinunter geschoben, weil er nicht mehr funktionierte. Aber es war doch ein Neuwagen, nun beim jetzigen Anblick natürlich nicht mehr. Alles war aussichtslos und es brachte nichts sich selbst Fragen zu stellen und diese selbst mit logischen Antworten und Beruhigungen zu beantworten.

TJ saß direkt auf der Vortreppe zur Haustür und beschäftigte sich mit einem Stecken. Er begriff nicht warum Katharina solche Gedanken hegte und irgendwie verstand er sie auch nicht mehr. Nachdem er Onkel Hawk sichtete, wie er aus dem Wald mit dem Wildhüter Jason zurückkehrte, lief er ihnen entgegen.

»Na, hast du dich mit Kathy unterhalten?«, rief ihm Crying Hawk zu.

»Ja.«

»Und? Geht es ihr besser?«

»Nein,« erwiderte er deprimiert und wirkte auch etwas seltsam.

»Was ist mit dir?« Beide standen nun vor TJ und sahen unsicher zu ihm

»Sie ist sehr verzweifelt.«

»Ich weiß, TJ ich weiß, aber das werde ich in den Griff bekommen.«

»Sie glaubt nicht an Jasons Hilfe.«

»Deshalb ist er jetzt auch hier,« erwiderte Crying Hawk und lief zusammen mit TJ und Jason zu Katharina.

Nachdem sie vor ihr am Bett standen blickte sie starrend an die Wand und würdigte keinen mit einem Blick. Erst etwas später ließ ihr starrer Augenausdruck nach, sie sah alle drei an und erneut standen ihr Tränen in den Augen. Crying Hawk gab ihr daraufhin wieder eine Injektion, die er auch ständig griffbereit hatte.

»Das wird deine Nerven ein wenig stärken und innerliche Ruhe fördern.«

Während das Medikament wirkte, setzte sich Jason zu ihr auf den Bettrand, sein Gesicht musste durch einen Brand völlig entstellt worden sein und Katharina überlegte mit wem sie ihn vergleichen konnte. Erst als sie ihn eine ganze Weile betrachtet hatte, dachte sie plötzlich an den Glöckner von Notre Damé, bis auf den buckeligen Rücken hatten beide irgendwas gemeinsam. Er saß noch immer auf ihrem Bett und sah zum Fenster hinaus, als sie die Augen wieder aufschlug, sie musste wohl für kurze Zeit eingeschlafen sein. Außer ihr und ihm war niemand mehr im Raum und ansonsten vernahm sie auch keine Geräusche im Haus.

»Du hast mich also gerettet?«, sagte sie und lenkte seinen Blick somit auf sich.

»Ja, das habe ich.«

»Und wer war im Haus als du mich herbrachtest?«

»John's Sohn.«

»War noch Jemand im Haus?«

»Keine Ahnung.«

»Du hast keine Ahnung, dann kennst du dich hier aus.«

»Ja.«

»Du kennst beide Männer?«

»Ja.«

»Sehr gesprächig bist du aber nicht. Hat das einen Grund?«

»Nein....es ist meine Art. Ich habe noch nie viel gesprochen,... glaube ich.«

Wie er das sagte, so unselbständig und fasst wie auswendig gelernt. Im Allgemeinen machte er auch keinen sehr intelligenten Eindruck, eher ein wenig unterbelichtet. Er war dadurch bestimmt leicht zu beeinflussen, was das Gerede von John oder Crying Hawk betraf.

»Es ist also deine Art. Würdest du mir helfen, wenn ich dir sage das mich jemand umbringen möchte?«

»Ja....ich....,« er zögerte mit seiner Antwort und überlegte wahrhaftig lange, irgendwann meinte er, »dann wären wir ja beide plötzlich in Gefahr und ich weiß nicht ob ich das wollte, dass ich damit hinein gezogen werde.«

»So, das weißt du also nicht.«

»Nein, und ich will auch nicht weiter darüber nachdenken.«

»Was bist du denn von Beruf?«

»Ich?«

Katharina sah sich nach der Gegenfrage im Raum um und konnte es nicht unterlassen spöttisch zu reagieren.

»Nein, ich meinte das Bild mit dem Häuptling dort drüben, oder wer das auch immer darstellen soll.«

»Ach so. Aber das Bild kann dir keine Antwort geben. Es ist ein Bild, weißt du.«

»Nun, dann kannst du mir doch die Antwort geben, oder?«

»Ja, eigentlich schon.«

»Also, was ist mit deinem Beruf?«

»Man hat mir gesagt das ich Wildhüter bin.«

»Hat man dir gesagt und was glaubst du, was du bist?«

»Ich bin ein Wildhüter.«

»So das ist interessant. Und du hast mich aus der Falle befreit?«

Wieder begann er zu zögern und vermutlich musste er erst überlegen, bis er die Antwort aus seinem Mund herausbrachte oder die Worte, welche man ihm eingebläut hatte, wiederzufinden.

»Ja ich habe dich aus der Falle befreit.«

»Hattest du mal einen Unfall?«

»Ja, einen ganz schlimmen, weißt du.«

»Was geschah bei dem Unfall?«

»TJ und ich saßen in einem Auto und nachdem John den Wagen verließ machte es Boom.«

»Boom - also eine Explosion?«

»Ja, richtig.«

»Und du bist nicht ausgestiegen, aus dem Wagen?«

»Nein, TJ sagte ich sollte warten bis er wiederkäme.«

»Wo wollte er denn hingehen?«

»Eigentlich nirgendwo hin, er wollte sich nur die Füße vertreten, glaube ich.«

»Woher kennst du TJ?«

»Von früher, wir spielten oft zusammen und der erzählte oft Geschichten, das kann er gut.«

»Bist du ein beliebter Junge in der Stadt?«

»Ach, eigentlich sagten alle ich wäre nicht ganz richtig im Kopf und Pa sagte immer nur zu Mom, dass sie sich nichts bei meiner Geburt gedacht hatte.«

»Und wie bist du zu John gekommen?«

»Der kam irgendwann mal mit Pa nach Hause und da sprachen sie über eine Wildhüterausbildung, an welcher ich bald darauf teilnahm.«

»Wo wohnst du heute? Hast du eine Frau?«

»Nein ich habe keine Frau, aber ich wohne in der Stadt bei Mom.«

»Ist die Stadt weit von hier entfernt?«

»Zehn Meilen.«

»Und dein Pa?«

»Mom glaubt, er hat uns wegen mir verlassen, aber ich glaube das was John mir einmal erzählte.«

»Und was erzählt er?«

»Er ging in die ewigen Jagdgründe. Denn gejagt hat er verdammt gerne.«

»Siehst du und ich hasse jagen, aber man will mich auch in die ewigen Jagdgründe schicken.«

»Fein, dann kannst du meinem Pa einen Gruß von mir und Mom sagen, machst du das dann?«

»Wie hast du den Unfall überlebt.«

»TJ zog mich aus dem Wagen raus und holte den Tierarzt.«

»Tierarzt?«

»Er heilte meine Wunden, glaube ich, aber mein Gesicht blieb so wie es jetzt ist anders eben - siehst du es?«

Dabei kam er mit seinem Kopf näher zu ihr, als ob er nicht begriff, dass man in sein Gesicht unweigerlich sehen konnte. Eigentlich tat ihr Jason Leid und ganz gewiss war an dem Unfall etwas faul. Doch was sollte TJ dazu veranlassen? Er wirkte nun wirklich nicht wie ein Mörder. Vermutlich wollte der Vater seinen Sohn loswerden, weil er geistig behindert war. Nachdem diese Rechnung nicht aufging, befürchtete er, dass die Wahrheit herauskommen würde und brachte sich an einem Ort um der seiner Familie und anderen nicht bekannt war.

»Ja, ich sehe es. Wie reagierte deine Mom?«

»Oh sie weinte und war sehr besorgt.«

»Und dein Vater?«

»Pa dagegen war kurz danach verschwunden.«

»Hat man nach ihm gesucht?«

»Ja, und John engagierte sich am meisten. Die suchten ganz schön lange nach ihm.«

»Das tut mir Leid - mit deinem Dad.«

»Warum Leid?« Er sah sie fragend an und allem Anschein nach begriff er nicht, dass sein Dad tot war.

Für ihn bedeuteten ewige Jagdgründe, dass er immer und ewig im Wald jagen würde und das war vielleicht auch besser so. Sein Verstand war nicht so ausgereift, dass er es verstanden hätte. Aber inzwischen wusste Katharina, dass sie Crying Hawk und John wohl doch vertrauen konnte und eher bei TJ vorsichtig sein musste. Er war Literaturstudent und musste möglicherweise manche Szenen in die Realität umsetzen. Dadurch war er zum Mörder avanciert. Der Mann hatte keinen Selbstmord begangen, er wurde ermordet. Er war vielleicht wirklich verschwunden oder mit einer anderen einfach durchgebrannt, das war sogar in Europa möglich. John dagegen versuchte mit dieser Erklärung nur den Jungen zu beruhigen, damit er einen Anhaltspunkt hatte, an welchen er sich halten konnte.

Irgendwann schwiegen beide, John kam bald darauf in den Raum, nachfolgend Crying Hawk und TJ.

Alle standen nun bei Katharina am Bett und sahen sie an. Sie blickte jedem in die Augen und versuchte den Mörder zu deuten, doch in jedem Augenpaar sah sie den Mörder und das Böse herrschen. Also konnte sie sich zunächst nicht darauf beschränken wer wirklich zu so etwas fähig war. TJ schien nach außen hin nett und gelassen, was ebenfalls auch auf John und Crying Hawk zutraf. Doch sie waren möglicherweise alle drei ein mörderisches Team. Aber von Crying Hawk war bisher nie der Name gefallen. Wahrscheinlich war er es und die beiden anderen kannten ihn als den netten Mann in den Wäldern. Trotzdem gab es auch wieder Dinge für die es einfach keine Erklärung gab.

»Hat mein scheues Reh Appetit?«

John streichelte sie an der Schläfe und Crying Hawk fühlte ihren Puls am Arm.

»Ein wenig.«

»Gut dann werde ich den Kaffee und die Kekse zubereiten, TJ du kommst mit.« Der Junge Mann folgte ohne Widerspruch seinem Vater was auch ein Anzeichen für ein unterordnen sein konnte. Crying Hawk lächelte sie an und setzte sich zu ihr auf den Bettrand, Jason verließ ohne ein Wort zu äußern den Raum und führte dabei ein plötzliches Selbstgespräch.

»Kaum zu glauben, der hat mich gerettet.«

»Ja, aber er ist ein netter Kerl, wenn man bedenkt was für ein Schicksal er hinter sich hat.«

»Der ist nicht ganz richtig im Kopf, stimmt's?«

»Ich würde es so ausdrücken, dass er durch den Unfall eine schwere Gehirnverletzung abbekam.«

»Ach und wieso hielt sein Vater nichts von ihm?«

»Er hatte einen Erzeuger, aber keinen Vater. Die Mutter zog ihn alleine auf.«

»Aber er sagte dass sein Vater....,« daraufhin unterbrach er Katharina sofort, »das sagte immer der Lebensgefährte seiner Mutter.«

»Der heute in den ewigen Jagdgründen Wild jagt, nicht wahr?«

»Nein, er wurde ermordet, aber Jason versteht es so besser.«

»Aha..... ehm...er kennt TJ, woher?«

»TJ ging mit ihm in den Kindergarten und später nahm er Jason auch mit zu seinen Freunden, die ihn jedoch nicht mochten. Er war bereits von Geburt an ein wenig geistig zurückgeblieben, was aber kein Grund zur Diskriminierung war, nach dem Unfall wurde es schlimmer. Seine Mutter trank und nahm während der Schwangerschaft Drogen, was wohl den Grund dafür erklären könnte. Heute ist sie clean - zumindest behaupten das manche - weil sie merkte was sie ihrem Kind damit angetan hat. Aber es sind eben nur Gerüchte. Ich habe sie nie gesehen.«

»Du sprichst heute so viel, hat das einen Grund?«

»Nein, aber ich gab dir nur eine klärende Antwort.« Danach stand er auf und holte ein Buch aus einer Schublade gegenüber des Schrankbordes.

»Hier, das wird dich auf andere Gedanken bringen.«
Er gab ihr das Buch in die Hände und setzte sich wieder auf den Bettrand währenddessen lass sie laut den Titel.

»Die Stimmen trägt jeder Wind weiter. Was ist das für ein Buch?«

»Eine Komödie,« antwortete er grinsend und setzte sich wieder auf das Bett.

»Ja, danach hört es sich auch stark an.«

»Ist deine zynische Betonung auf Unzufriedenheit zu schließen oder auf etwas anderes?«

»Kannst du dir das nicht denken?«

»Nein, ich begreife nicht warum du dieses Misstrauen gegen uns hegst.«

»Nein! Das begreifst du nicht?«

»Nein. Wir wollen dir nur helfen und alles andere ist dein Zustand der dich zu dieser Überlegung zwingt.«

»Vielleicht müsst ihr mich nicht umbringen, möglicherweise lache ich mich bei diesem Buch tot,« sagte sie daraufhin, worauf er vom Bett aufstand und dennoch nochmals mit seinem Kopf zu ihrem Gesicht näher kam.

»Kathy, ich liebe diesen erbosten Gesichtsausdruck an dir und das überspannt meinen Pfeil im Bogen unwahrscheinlich. Also nimm dich lieber in Acht.« Wie er das sagte, leise, leidenschaftlich, als ob seine Sinne bereits verführt waren. Katharinas erboster Gesichtsausdruck blieb, doch sie griff nach seinen Haaren und zog ihn zu sich.

»Ich könnte dir helfen den Pfeil endlich abzuschießen.«
Er sah sie daraufhin an und küsste sie kurz auf die Lippen. Ihm machte es nichts aus, ob sie wütend oder zur Abwechslung einmal freudig reagierte, er überspielte es einfach mit einer völlig unerwarteten Reaktion.

Wenig später kam John mit seinem Sohn herein.

»Wo ist Jason?«, fragte er.

»Der ist vor wenigen Minuten hinaus gelaufen.« Crying Hawk nahm dabei John das Tablett aus den Händen und deckte den Tisch.

Jason war verschwunden und anscheinend in den Wald zurückgekehrt. Keiner der drei Männer machte sich um ihn Gedanken und sie ließen auch kein Wort mehr über ihn verlauten.

Katharina aß diesmal viel mehr von den Keksen und trank mehr Kaffee als sonst. Doch auf irgend eine Weise gefiel das den Männern besonders gut, da sie immer wieder ihr die Kekse zureichten. Danach verließ John mit TJ das Haus und beide machten sich außerhalb des Hauses zu schaffen. Crying Hawk blieb am Tisch sitzen und unterhielt sich vom Tisch aus mit Katharina.

»Wir sind jetzt bald ein paar Tage alleine.«

»Na das wird ja richtig einsam, ohne John.«

»Ja, in der Tat. Denn ich muss am Tag arbeiten. Du bist also den ganzen Tag allein.«

»Das macht mir nichts aus.«

»Ich möchte nur, dass du nicht wieder verschwindest.«

»Hat das einen Grund?«

»Ja.«

»Welchen?«

»Kathy, denk bitte darüber nach.«

»Worüber?«

»Über die vorletzte Nacht.«

»Was war da?«

»Du kannst dich daran nicht erinnern?«

»Nein, ich habe schlecht geschlafen wie jede Nacht.«

»Ist das dein Ernst?«

»Ja.«

Daraufhin machte er einen enttäuschen Eindruck und vermutlich war sie auch bei ihm zu weit gegangen.

»Willst du es nicht wiederholen, was auch immer es war?«

»Heute Nacht?«

»Von mir aus,« sagte sie und sah auf einmal auffordernd zu ihm.

Er blieb jedoch etwas zurückhaltend und unterließ eine derartige Mimik. Sein Blick war nichts sagend und etwas kritisch, da er das Verhalten nicht richtig einschätzen konnte. Zugleich wusste er nicht welches Spiel sie spielte und ob das, was sie äußerte tatsächlich ihren inneren Gefühlen entsprach.

9

Katharina war erleichtert, dass sie endlich in dem Haus einmal ohne Angst herumstöbern konnte. Nun würde sie die beste Möglichkeit erhalten die Wahrheit zu lüften, falls es eine gab. Und ihr siebter Sinn sagte, dass sie auf etwas stoßen würde.

Am folgenden Abend sah sie wie John und Crying Hawk irgendetwas in dieses kuppelförmige Gebäude brachten. Was für eine Bedeutung dieses Ding auch hatte. Katharina beobachtete sie weiter vom Fenster aus und sie beschloss sich auch darin umzusehen. Irgendwann, es war bereits später am Abend, entkleideten sich Crying Hawk und John, wobei John gar nicht einmal so eine schlechte Figur machte. Erst jetzt sah sie noch ein paar andere Indianer, die ebenfalls entkleidet in dieses Zelt gingen und zuvor irgendetwas anderes abhielten. Sie hatte sie, seit sie bei Crying Hawk war noch nie gesehen, sie waren plötzlich da, wie aus dem Nichts aufgetaucht. Katharina konnte durch die Dunkelheit nur schwerlich erkennen, was weiterhin geschah. Die Oberkörper wirkten kräftig und sogar TJ ging später in dieses zeltartige Gebäude - auch entkleidet. Eine ewige Zeit blieben sie darin nur TJ kam irgendwann heraus und betrat nass geschwitzt, mit einem Handtuch bekleidet, das Zimmer in dem Katharina lag. Sie tat so als ob sie lesen würde und beachtete ihn nicht.

»Kathy, wie geht es dir?«

»Gut.«

»Das freut mich.«

»Du siehst nass geschwitzt aus,« sie legte das Buch weg und sah TJ an.

»Ja, das hat ein Schwitzzelt so an sich. Darin ist es mächtig heiß.«

»Kann ich mir denken und dein Verstand? Ist er klar oder etwas verschwommen?«

»Ich glaube nicht.«

»Was hast du da drin gemacht? Abwehrkräfte aufgebaut?«

»Vielleicht.«

»Gut, gut....ist ja egal du musst es nicht sagen.«

»Darüber kann ich und will ich auch nicht sprechen, es ist eine Tür zu deinem Privaten Inneren.«

»Aja, das ist es also.«

»Ja, man erfährt etwas, was auch erst später zu einer Antwort führt und nicht sofort.«

»Weißt du ich habe inzwischen erfahren, dass man hier draußen schwachsinnig und in die Irre geleitet wird.«

»Das sehe ich anders.«

»Das habe ich längst bemerkt.«

»Kathy, pass auf dich einfach nur auf, okay!«

»TJ, was willst du damit sagen?«

»Ich möchte einfach nicht, dass dir etwas zustößt, mehr nicht.«

»Die Hitze ist dir zu Kopfe gestiegen, du sprichst in Rätseln und bilde dir nicht ein, dass ich es löse.«

»Du hast bereits damit begonnen.«

»TJ es wäre mir recht, wenn du endlich mit Worten eine Erklärung abgeben würdest.«

»Kathy, ich meine es ernst, pass einfach auf dich auf und gehe alles bedacht an. Handle dabei besonnen, das ist wichtiger als alles andere im Moment,« sagte er und hielt ihren Oberkörper mit seinen Händen fest. Er äußerte sich darüber nicht scherzend und sein Gesichtsausdruck blieb völlig ernst.

Plötzlich unterließ es Katharina, ihn mit Gegenfragen zu überhäufen. Ihm schien es tatsächlich ernst und seinem Verhalten zu urteilen hatte auch er ein wenig Angst.

»In Ordnung, ich glaube dir, was auch immer du mitteilen willst. Könntest du es nicht beschreiben, mit Worten, die dir erlaubt sind.«

»Es gibt nichts mit Worten zu beschreiben.«

»Du weißt aber etwas und du willst es nicht sagen, weil es mich betrifft.«

»Es...es betrifft dich nicht.«

»Schön, dann kannst du mit mir darüber reden. Wo sind Crying Hawk und John jetzt?«

»Noch in der Schwitzhütte.«

»Gut, dann schwelgen sie also noch in einer anderen Dimension. Sie wollen herausfinden wie ich mich stetig fühle und wie es ist, immerzu dem Wahnsinn zu verfallen. Finde ich gut, wirklich ich finde es bemerkenswert.« Katharina verstand nichts und gleichermaßen konnte sie nicht begreifen, wie man aus allem ein Geheimnis machen musste. In diesem Schwitzzelt konnten keine Antworten liegen.

»Kathy, gibt es hier ein Labor?«

»Na klar, du gehst geradeaus und etwas nach links und irgendwann mit genügend Einbildung wirst du es entdecken.«

»Du musst verstehen, dass ich darüber nicht sprechen kann, und deiner Reaktion zufolge gibt es hier kein Labor.«

»Immer auf das worauf es ankommen würde, schade nicht. Aber vielleicht klappt es ja beim nächsten Besuch in der Schwitzhütte und sie teilt dir den Weg dorthin mit.« Katharina hatte überhaupt nichts verstanden und sah fragwürdig zu TJ dann meinte sie schließlich, »war da sonst noch etwas, was wichtig wäre, außer ein Labor?«

»Ich......nein eigentlich nichts.« Aber bevor er die Frage verneinte, musste doch noch etwas gewesen sein, was er ihr, aus welchem Grund auch immer, nicht mitteilen wollte.

»Du hast gesehen, wer mich ermordet? Du kannst darin die Zukunft sehen. «

»Nein, dann würde ich dir helfen, dich von hier wegzubringen. Es ist keine Wahrsagung und das was wir tun ist unser Glaube, so wie du glaubst.«

»TJ seit ich hier bin glaube ich nicht mehr, ich spinne nur noch. Ja ich webe Hirngespinste.«

»Das treibt dich in den Wahnsinn, du solltest auch einmal hinein gehen, Onkel Hawk würde dir bei der Zeremonie helfen.«

»Ich überleg's mir.«

»Kathy sei einfach nur vorsichtig und wachsam. Das ist wichtig.«
Plötzlich lenkte er ab und sein Interesse galt mehr ihrem Wohlbefinden.

»Wie sind deine Kopfschmerzen?«

»Ich habe keine Kopfschmerzen mehr und der Kopfdruck ist auch verschwunden.«

»Das freut mich für dich, denn irgendwie finde ich dich nett.«
Katharina nahm daraufhin seine Hand und blickte ihm in die Augen.

»TJ, wenn hier irgendetwas nicht stimmt, dann werde ich es herausfinden, nur musst du mit deinem Vater länger wegbleiben, damit ich genügend Zeit habe. Verstehst du, ohne Zeit kann ich auch nichts herausfinden.«

Sie sprach ziemlich leise und nachdem sie ihm das gesagt hatte nickte er nur zustimmend mit seinem Kopf.

»Ich muss mich jetzt anziehen. Allmählich wird es zeit dazu,« sagte er dann laut zu ihr und lief zum Raum hinaus. Er schloss dabei wieder die Tür und Katharina sah wie er sich direkt vor dem Schwitzzelt anzog. Es war also eine Schwitzhütte, eine Sauna auf indianisch. Wenn er in dieser Hitze wirklich eine Eingebung hatte, so konnte es auch bedeuten, dass er die Hitze nicht vertrug, da die Sinne förmlich dahin schmelzten. Dennoch machte sie sich über TJ's Worte Gedanken. Wenn er damals versuchte Jason zu ermorden, dann hätte er sie jetzt in seine Vision einbezogen. Also war hier wirklich etwas nicht in Ordnung. Aber ein Labor war hier nicht, jedenfalls nicht in diesem Haus. Katharina überlegte, während sie zu der Hütte sah. Plötzlich fiel ihr der abgeschlossene Raum ein. Darin konnte sich das Labor befinden, denn es gab keinen Grund es sonst abzusperren. Crying Hawk experimentierte vielleicht mit Menschen und John half ihm dabei zu assistieren. Wenn es keiner von beiden war dann blieb noch Jason und TJ übrig. TJ lenkte möglicherweise auch nur von sich ab und spielte mit ihr ein Katz und Maus Spiel. Doch sie erkannte in seinen Augen Besorgnis, zudem war seine Gelassenheit auch verschwunden. Er konnte nicht der Mörder sein, aber wer kam ansonsten noch in Frage? Katharina zerbrach sich den Kopf und merkte nicht einmal, dass Crying Hawk neben ihr auf dem Bettrand saß. Sie zuckte zunächst mächtig zusammen, nachdem sie ihn vernommen hatte, woraufhin er sie nur schweigend ansah. Sie griff nach seinem Arm, der sich sehr warm anfühlte und sein Flanellhemd war kuschelig weich und trug den Duft eines gut würzig riechenden Aftershave.

»Ich wollte dich nicht erschrecken.«

»Ja, ich weiß....ich war vermutlich in Gedanken vertieft...das war ich wohl.«

»Willst du darüber sprechen?«

»Nein, ich denke es war das Buch.«

»Nun wenn es so ist, gefällt es dir?«

»Ja, aber ich bin noch nicht sehr weit gekommen mir fällt das Lesen noch schwer nach wenigen Zeilen fangen meistens die Kopfschmerzen wieder an. Hattest du eine Eingebung?«

»Du hast schon einmal davon gehört, von Visionen?«

»Ja und das ist noch gar nicht allzu lange her. Was hast du erfahren?«

»Nun, ich denke es ist eine neue Kraft und Bindung, so könnte ich es beschreiben.«

»Tatsächlich?«

»Ja und dennoch trennt uns ein eigenartiger Schatten. Ich denke dieser Schatten ist dein Misstrauen«

»Nein, es war vermutlich der Schatten des Todes, der uns für immer trennen wird.«

»Was....wie kommst du auf so etwas?«

»Nun, manches Leben verbirgt viele Schattenseiten.«

»Nein das meinte ich nicht. Es ist ein dichter Nebel aus welchem du nicht herausfindest.«

»Das ist doch fasst das Gleiche.«

»Nein, das ist es nicht. Denn wir sind nur durch diesen getrennt, aber zeitweilig kann ich dich durch diesen erreichen.«

»Nebel, das ist eine gute Formulierung.«

»Er ist eine Gefahr, die vieles verbergen kann.«

»Was für eine Gefahr gab es noch, etwas was du, außer Kraft und Bindung schildern könntest?«

».....nichts.«

»Du zögerst und das verrät das du lügst.«

»Nein, ich lüge nicht. Da war nichts, außer ein Kellergewölbe; ein Keller oder so etwas ähnliches. Irgendwann werde ich eine Antwort darauf erhalten. Das erschien mir auch schon im Traum.«

Auch in seinem Gesicht erkannte sie Besorgnis. Beide schwiegen wie ein Grab und keiner wollte nur im Geringsten über die Erlebnisse im Schwitzzelt sprechen. Also konnte es vermutlich weder TJ noch Crying Hawk sein. John und Jason blieben jetzt noch übrig. Katharina schmiegte ihren Kopf an Crying Hawk's Oberkörper und versuchte nicht mehr allzu sehr an diese Schwitzhütte zu denken. Zu Hause schenkte sie auch keinen Horoskopen glauben und darin standen oft schlechte Dinge die nie eingetreten waren. Warum sollte also jetzt eine Sauna die Realität beeinflussen? Aber Katharina unterließ es, ihm von ihrer Einstellung betreffend der Schwitzhütte zu berichten, da er an sie glaubte. Auch TJ schien sich sehr stark daran zu halten und Katharina hoffte, dass John ihr von seiner Vision berichten würde. Trotzdem stand sie danach noch immer vor dem ungelösten Rätsel wer sie nun umbringen würde und ob das was sie sagten auch der Wahrheit entsprach.

Crying Hawk behielt Katharina in seinen Armen, bis John herein kam. Sein Blick war starr und ohne ein Wort zu sagen setzte er sich an den Tisch. Katharina sah zu Crying Hawk und hoffte, dass er ihn nach seinem Befinden fragen würde.

»Was ist mit dir?«, fragte er. John sah zuerst zu ihm und dann zu ihr.

»Ich sträube mich innerlich darüber zu erzählen, denn es ist nicht Brauch darüber zu sprechen. Mein scheues Reh, wie geht es dir. Du siehst so bekümmert aus. Hast du immer noch das Gefühl die Gejagte zu sein? Wir müssen alles tun, um diese Gedanken auszumerzen.

»Oh John ich glaube du verstehst mich hier von allen am besten.« Katharinas Blick wendete sich Hilfe suchend zu ihm.

»Wir werden dich nicht aus den Augen lassen dürfen. Überall lauert Gefahr und möglicherweise sogar in diesem Haus, wenn wir dich alleine lassen. Du bist noch nicht so weit und auch nicht stark genug.«

»Du willst mir Angst einflößen, du willst mich daran hindern mich hier umzusehen. Ihr versteckt etwas vor mir und irgend Jemand soll mich umbringen, wenn keiner im Haus ist. Das ist es doch?«

»Katharina, beruhige dich! Versuch dich zu entspannen! Niemand will dich umbringen und niemand versucht dich in den Wahnsinn zu treiben«, sprach Crying Hawk auf sie ein und sah zu John. Er ahnte, dass sie wieder einen Anfall erleiden würde und hoffte, dass er nicht in größerem Ausmaß war.

»Ihr sagt, ihr dürft nicht darüber sprechen, aber warum könnt ihr das nicht, es betrifft mich doch.«

»Das ist richtig und deshalb schweigen wir. Außerdem betrifft es nicht dich. Es ist unsere Medizin und wenn wir sie dennoch dir verabreichen würden, würde sie dir nicht von Nutzen sein.«

»Das ist ein Widerspruch, und irgendwie dreht ihr alles so wie's euch am angenehmsten ist. All dieses Zeug von Medizin, meinem Weg und all das andere Bla Bla ist Blödsinn.«

»Für dich möglicherweise, wir betrachten es von einer ganz anderen Seite.« John erklärte es sachlich und irgendwie klang es wieder einmal logisch und nichts sprach dagegen.

»Es stimmt, ich begreife nichts und will es nicht verstehen. Ich will nur noch eines und das ist nach Hause zu meiner Familie, zu meinen Freunden.«

»Kathy, es ist besser wenn du dich jetzt ein wenig ausruhst. Das wird dir helfen deinen Geist wieder frei zu bekommen.« Crying Hawk konnte ihr gesamtes Misstrauen stets mit guten Argumenten übertünchen, so dass sie selbst Zweifel bekam, ob dieses sinnlose Gerede überhaupt stattfand.

Weder John noch Crying Hawk oder TJ sprachen über das Schwitzzelt, sie schwiegen und waren nicht umzustimmen, etwas mehr davon zu berichten. Katharina begann erneut ihre Nerven zu verlieren und konnte erst mit einem Beruhigungsmittel zur Ruhe finden. Während dessen Wirkung konnte sie keinen klaren Gedanke mehr fassen. Sie merkte wie nach und nach ihre Glieder schwerer wurden und wie kraftlos sie plötzlich war. Doch zum Einschlafen reichte das Medikament nicht. Nachdem sie sich völlig beruhigte, verließen John und Crying Hawk den Raum. Wenig später vernahm sie ein Gespräch, das zwischen den beiden herrschte. Es war keineswegs eine freundschaftliche Unterhaltung, aber genau dieses Gespräch ließ Ka tharina einen anderen Eindruck gewinnen.

»Sie ist vom Wahn völlig ergriffen und anderseits ist sie auf dem Weg der Genesung. Ich verstehe diese Frau nicht..«

»Ich hatte keine Wahl und wenn ich sie gehabt hätte, so hätte ich mich für eine andere Lösung entschieden, nicht aber gegen meinen Glauben und meine Überzeugung.«

»Was ist wenn sie Selbstmord begeht. Ihr Zustand ist nicht stabil.«

»Nein, dazu hat sie keine Kraft. Ich erkenne die Lebensgeister in ihr. Sie wollen leben und kämpfen unermüdlich.«

»Ich möchte wissen, was TJ zu ihr gesagt hat. Er wurde bisher von ihren Fragen nicht verschont.«

»Er hält sich an seine Regeln, er bricht sie nicht. Dafür kenne ich ihn zu gut. Aber Kathy hat ihr Schicksal selbst in der Hand und wir können nur zusehen und sie vom schlimmsten abhalten. Ich hatte erst kürzlich einen Traum und da starb sie durch die Kugel eines Revolvers.« Crying Hawk sah mit nichts sagendem Gesichtsausdruck zu John.

»Dann ist ihre Angst berechtigt. Sie ist davon überzeugt in Gefahr zu sein. Aber durch wen? Niemand weiß, dass sie hier ist. Es gibt keinerlei Hinweise.«

»Es gibt oft keine Hinweise, aber ungerechte Verurteilungen.«

»Ja manchmal – John, war es wirklich nur ein Traum?«

»Ja, was soll es denn sonst gewesen sein? Aber Träume sind oft trügerisch, das ist dir doch klar, oder?«

»Natürlich, es ist mir bewusst.« Crying Hawk klang nicht überzeugt und dennoch sorgte er sich sehr um Katharina.

»Liebst du sie?«

»Ich fühle mich zu ihr hingezogen.«

»Sie ist eine Weiße, ich hoffe du bist dir darüber im Klaren und Weiße haben dir großes Leid zugefügt. Erinnerst du dich?«

»Sie hat damit nichts zutun und Liebe geht oft seltsame Wege bis man das Ziel erreicht hat.«

»Das ist richtig, und ich hoffe, dass wir unser scheues Reh

vor dem Jäger beschützen können, der sie in ihrer Vorstellung verfolgt,« sagte er mit besorgtem Gesichtsausdruck.

Katharina war sich nun sicher, dass es weder John, TJ noch Crying Hawk sein konnten. Es musste also jemand anderes sein und ihr Verdacht lenkte sich fortan auf Jason, der es möglicherweise nicht verdient hatte so verdächtigt zu werden. Doch alles sprach für ihn und da er geistig nicht ganz zurechnungsfähig war, konnte er durchaus zu solch einer Tat fähig sein.

In dieser Nacht blieb Crying Hawk bei Katharina und wich auch nicht von ihrer Seite. Sie war froh, dass er bei ihr war, denn in seinen Armen schlief sie deutlich besser.

Sie erwachte am späten Vormittag, und sah als Erstes zum Fenster hinaus. TJ hatte allem Anschein nach die Wahrheit gesagt, was den Ausritt mit seinem Dad betraf. Zwei gesattelte Pferde standen direkt vor ihrem Fenster, angebunden an einen großen Pferdetransporter. Die Tiere schnaubten oftmals und gaben manchmal sogar ein gegenseitiges Gewieher von sich. Sie bissen auf ihren Zügeln herum, als ob sie das Mundstück im Maul störte. Die Sättel lagen bereits auf dem Boden und niemand richtete den Blick zu ihrem Fenster. Erst später beobachtete sie John, wie er mehrfach in den Transporter ging und mit nichts wieder heraus kam. Währenddessen streichelte er sanft über die Pferderücken beider Tiere. Danach legte er die Sättel auf ihre Rücken und befestigte sie mit beachtlicher Gemächlichkeit. Die langen Mähnen waren gepflegt und das Fell glänzte in der Morgensonne. John hätte man fasst nicht wieder erkannt, mit seinem Cowboyhut bekleidet, der braunen Wildlederjacke, an dessen Ärmeln lange Fransen hingen und die schwarzen Cowboystiefel, mit langen Sporen hinten am Absatz. Katharina gefiel der Westernlook und jetzt übermannte sie das Gefühl wirklich im Wilden Westen zu sein. Zugleich war sie gespannt wie TJ wohl aussehen würde. Kurze Zeit später erübrigte sich ihre Vorstellung und sie konnte ihn direkt, vor ihrem Bett betrachten. Er kam zu ihr in das Zimmer und sah völlig anders aus.

»So, mein Dad und ich wir brechen jetzt auf. Ich wollte mich nur von dir verabschieden,« sagte er zu ihr und nahm seinen Cowboyhut ab. Sein Haar zu einem Pferdeschwanz gebunden und seine dunkelbraune Lederhose an jedem Bein seitlich nach oben zugeschnürt. Das rote Holzfällerhemd nur bis zur Mitte der Brust zugeknöpft, was die Brust noch etwas zum Vorschein brachte und die Ärmel nach oben gekrempelt.

»Das ist nett Cowboy und ich muss sagen du siehst wirklich gut aus,« erwiderte Katharina augenzwinkernd, nachdem sie ihn merklich von oben bis unten betrachtet hatte.

»Ach, du machst mich verlegen. Onkel Hawk sagte das auch schon.«

»Du siehst nun einmal gut aus, damit musst du jetzt fertig werden.«

»Wenn du gesund bist reiten wir einmal zusammen aus, einverstanden?«

»Einverstanden.«

Unterdessen klopfte John an das Fenster und TJ öffnete es.

»Guten Morgen mein hübsches Reh. Halte meinen Sohn nicht zulange auf. Wir wollen jetzt los, sonst sind wir vor Sonnenuntergang nicht bei unserem Ziel.«

»Ja, ja ich komme ja schon,« gab TJ sofort zur Antwort, noch bevor Katharina eine Antwort darauf geben konnte. Als er gerade den Raum verlassen wollte richtete sich Katharina nochmals im Bett auf, »ach TJ!«

»Ja?«

»Neulich im Schwitzzelt, kannst du darüber wirklich nicht sprechen?«

»Kathy nein, ich kann und will es nicht.«

»Ich verstehe nichts davon, aber sei vorsichtig und pass auf dich auf, wenn ihr reitet.«

»Ja, das werde ich. Dad ist ja bei mir da wird schon nichts schief gehen.«

»Ja,« sagte sie und beide umarmten sich daraufhin wie Geschwister die seit Jahren zusammen aufgewachsen waren. Katharina merkte, dass sie ihn jetzt sogar mit ihrem Bruder verglich und er genauso war wie er. Dennoch wuchsen beide in ganz anderen Welten auf. TJ verließ dann endgültig den Raum und ging hinaus zu John, der jedoch auch noch einmal zu ihr in den Raum hinein sah.

»Kleines Reh, bitte gib auf dich Acht. Wenn ich zurück komme möchte ich, dass du gute Fortschritte in der Genesung erzielt hast.«

»Ich werde mich bemühen John. Seid ihr lange fort?«

»Etwa eine Woche, vielleicht auch nicht solange. Das kommt auf TJ an. Er ist reiten nicht gewohnt und er wird seinen Hintern bald spüren.«

Bei diesem Gedanke musste John lachen und Katharina konnte erstmals auch ein herzhaftes Lachen über ihre Lippen bringen.

»Na dann wünsche ich einen guten Ritt,« sagte sie und John zog währenddessen Handschuhe, ebenfalls aus Wildleder an, damit er die Zügel besser im Griff hatte.

Danach schloss Katharina das Fenster und dennoch beobachtete sie Vater und Sohn, wie sie der Mittagssonne entgegen ritten. Es musste ein schönes Gefühl sein, auf einem Pferderücken durch die Wälder zu reiten. Von so etwas hatte sie auch oft geträumt, den schließlich war das der Mittelwesten und da war es wohl auch nahe liegend, dass man nach Herzenslust irgendwo ausreiten konnte. Sie begann davon zu träumen und schloss dabei ihre Augen. Doch wann würde sie so gesund sein, dass sie ihre Heimreise antreten würde? Möglicherweise gab es kein Wiedersehen mehr mit ihrer Heimat, ihrer Familie und Freunden. John war jetzt weg, Crying Hawk musste noch irgendwo sein. Sie beschloss erst ganz sicher zu gehen, dass sie alleine war um dann nach einem möglichen Anhaltspunkt zu suchen der ihr endlich die Bestätigung gab, dass sie die ganze Zeit Recht behielt. So blieb sie an diesem Tag im Bett und stand nur manchmal auf um sich etwas zu trinken oder ein paar Sandwiches aus der Küche zu holen. Sie lagen bereits für sie zubereitet auf dem Tisch und sie musste sie nur noch holen. Daneben lag sogar eine noch ganz verschlossene Packung Kekse, die sie sich zum Nachmittagskaffee öffnete. Obwohl sie an diesem Tag kaum etwas nachgedacht hatte, vergingen die Stunden nur durch Essen und trinken und ausruhen sehr rasch. Ab und zu lass sie ein wenig in dem Buch, was ihr jedoch weniger interessant vor kam und sie ohnehin keine Leseratte war. Gegen Abend, als es draußen schon dunkel war, kam Crying Hawk nach Hause. Er war mit seinem Pick-up unterwegs gewesen und hatte die Ladefläche voll mit Lebensmitteln bepackt. Doch bevor er alles auspackte, kam er zuerst ins Haus, zu ihr ins Zimmer.

»Guten Abend, meine Süße,« sagte er lächelnd und nahm sie in seine Arme.

»Guten Abend. War dein Tag anstrengend?« Katharina sah in mit einem noch verschmierten Schokoladenmund an. Dieses Laster war sie seit ihren Kindheitstagen nie losgeworden und sogar als sie aus dem Teenageralter raus war, musste sie ihre Mutter noch auf den Schokoladenmund hinweisen.

»Mein Tag war nicht anstrengender als jeder andere auch, aber wie ich sehe haben dir die Schokokekse gut geschmeckt.«

»Ja, das haben sie und ich habe meinen Mund wieder verschmiert.«

»Ich finde es niedlich. Komm her ich wische es dir ab, Babe,« er zog ein Taschentuch aus seiner Hosentasche und wischte ihr damit den Mund ab. Anschließend konnte er es nicht unterlassen ihr noch einen Kuss auf den Mund zugeben.

»Hast du viel eingekauft?«

»Ne ganze Menge. Aber hier draußen kann man nicht jeden Tag einkaufen gehen. Das würde eine unendliche Strapaze bedeuten.«

»Also ich ging früher immer gern einkaufen. Wollte ich hier übrigens auch tun.«

»Das haben irgendwie alle Frauen an sich, wir Männer dagegen würden am liebsten mit einem kühlen Bier im Wagen warten bis sie mit dem vollen Einkaufswagen zurück kommt.«

»Natürlich und wenn sie etwas vergisst führt er sich auf wie ein kleines Kind,« erwiderte sie neckisch.

»Wie bitte? Wie ein kleines Kind?«

»Ja. Wie ein kleines nörgelndes Kind.«

Crying Hawk schien nun etwas zu überlegen, was Katharina auch merkte.

»Ich dachte wir Männer bleiben immer kleine Kinder die erst durch ihre Frauen erzogen werden.«

»Das stimmt allerdings und da gibt es auch keinen Widerspruch zu erheben. So und wenn du jetzt nichts dagegen hast, könntest du den Einkauf hereinbringen, ich habe nämlich schon wieder Hunger. Wenn ich fortgehe werde ich wohl wie ein aufgegangener Pfannkuchen aussehen.«

»Das glaube ich kaum und jetzt gib mir einen Kuss sonst kann ich nicht arbeiten.«

Katharina folgte seinem Wunsch und er wirkte plötzlich viel entspannter, als wenn John im Haus war. Wusste er doch etwas, womit sie Recht hatte und er sich damit in Schweigen hüllte?

Sie dachte nicht mehr darüber nach, denn es war ein viel größerer Anreiz ihm beim ausladen zuzusehen. Es dauerte auch eine ganze Weile eher er den letzten Karton und eine letzte braune Papiertasche im Haus hatte. Doch mit dem Einräumen ließ er sich Zeit und bereitete nun zuerst das Abendessen zu.

»Hast du noch Hunger?«, fragte er nach dem Essen und Katharina sah ihn ein wenig keck an .

»Ja, auf den Nachtisch. Es gibt doch einen, oder?«

»Und wenn ich daran vergessen habe?«

»Hast du nicht, du liebst Süßigkeiten viel zu sehr, das habe ich inzwischen beobachtet.«

»Tatsächlich?«

»Ja, tatsächlich.«

»Was ist dir lieber, Schokolade gefüllt mit Himbeercreme oder Vanilleeiscreme mit Schokoladensoße.«

»Das letztere bitte. Die Schokolade kommt morgen dran.«

»Einverstanden«, er sagte es in einem freudigen Ton und

sein Gesichtsausdruck war sichtlich entspannter.

Nach dem Eis war Katharina sehr gesättigt und sie hätte an diesem Abend keinen Bissen mehr hinunter bekommen. Die Bratkartoffeln waren mit viel Speck zubereitet und das Weißbrot hätte gar nicht sein müssen. Doch geschmeckt hatte es trotzdem. Sie konnte sich nach diesem üppigen Mahl hinlegen, er dagegen hatte noch das große Aufräumen vor sich, was er auch tat. Sie vernahm viele Geräusche und wie die Schranktüren auf und zu gingen, wie die Tüten raschelten und Flaschen leicht aneinander schlugen. Sie war sogar für kurze Zeit eingenickt, als er irgendwann wieder zu ihr kam. Doch er war sehr leise und setzte sich wie jeden Abend auf den Stuhl vor dem Kamin, in welchem wie immer um diese Zeit das Feuer brannte. Sie sah zu ihm und betrachtete ihn, wie er in dem Buch schmökerte. Sie sah in eine ganze Weile an, bevor er zu ihr hinüber blickte.

»Ich dachte du schläfst schon.«

»Hab ich auch ein wenig, aber ich wurde wieder wach.«

»Hast du schmerzen?«

»Nein, eigentlich nicht. Nur mein kleiner Zeh schmerzt oder sticht besser gesagt ein wenig.«

»Das geht vorüber,« sagte er gleichmütig und legte sein Buch weg.

»Du bist viel aufgeschlossener seit John aus dem Haus ist.«

»Tatsächlich?«

»Ja, das fiel mir schon vorhin auf, als du nach Hause gekommen bist. Wohnt er hier häufiger?«

»Das ist unterschiedlich.«

»Ist er wirklich Kopfgeldjäger gewesen?«

»Woher weißt du davon?«

»TJ hat es mit erzählt.«

»TJ?«

»Ja, als wir uns kennen lernten.«

»Nun ich denke, dass man das nicht so ganz sagen kann. Er hat nie Jemanden gefasst und auch nie ein Kopfgeld kassiert.

Aber er arbeitete in der Stadt als Eisenhauer und verdiente sich damit sein Geld. Was er so in seiner Freizeit machte, wusste niemand und weiß ich heute noch nicht einmal. Es heißt er wäre ein einsamer Mann der nach dem Tod seiner Frau den Stiefsohn großzog und in den Bergen lebt.«

»Stiefsohn?«

»TJ ist nicht sein wahrer Sohn. Seine zweite Frau trug ihn bereits von einem anderen unter ihrem Herzen, als sie sich kennen gelernt haben.«

»Ach-so,« sagte Katharina nachdenklich, was sie wieder auf andere Gedanken brachte.

»Worüber denkst du jetzt nach?«

»Liebt er seinen Stiefsohn?«

»Ja, das tut er, ich denke er liebt ihn wie sein eigenes Kind.«

»Was ist John für ein Mensch?«

»Hmh? Das habe ich mich oft gefragt und wenn ich ehrlich bin, wird man aus ihm oft nicht schlau. Mal kommt er und dann verschwindet er wortlos wieder. Ich denke er ist ein ruheloser Typ.«

»Wohin geht er dann.«

»Tja, wenn ich das wüsste. Keine Ahnung, aber er ist gerne einsam und meistens ist er hier weil hier noch Ruhe und Ausgeglichenheit herrscht.«

»Hat er jemals Freunde gehabt? Ich meine außer dir und seiner Frau. Menschen die ihn besonders gut kannten.«

»Ja, da gab es Jemanden aber es ist wieder nur ein Gerücht und dem Glauben schenken, ist möglicherweise falsch. Er soll seinen langjährigen Kumpel Dancing Bear bei völliger Trunkenheit erschlagen und verbrannt haben. Doch man konnte es ihm nie nachweisen.«

»Hast du ihn jemals darauf angesprochen?«

»Wozu?«

»Na wegen der Wahrheit natürlich.«

»Seine Vergangenheit interessiert mich nicht. Und außer

dem ist es nur ein Gerücht.«

Katharina schenkte diesem Gerücht jedoch mehr glauben als es Crying Hawk tat. Vielleicht hatte John doch eine düsterere Vergangenheit, als man ahnte. Denn niemand kannte ihn wirklich gut und sein bester Freund kam ums Leben.

»Hat man die Leiche von Dancing Bear gefunden?« Katharina hinderte Crying Hawk daran, sein Buch weiterzulesen.

»Natürlich und bei solch einem Fund muss selbstverständlich auch ein Mörder herumlaufen. Der nahe liegende war John, denn er war sein bester Freund und Rivale was Frauen betraf. Man vermutete, dass sich beide um eine Frau gestritten hatten und somit der Streit begann.«

»Und dann?«

»Was und dann?«

»Na wurde John nicht festgenommen?«

»Selbstverständlich kam er in Untersuchungshaft. Aber ihm konnte man weder die Tat noch den Mord nachweisen. Man fand nichts in seinem Haus oder in seinem Wagen.«

»Er wohnte doch zu dieser Zeit schon hier, oder?«

»Er wohnt nicht hier, jedenfalls nicht so richtig. Er lebt eigentlich am Rande von The City of Watersprings, in einem kleinen einfachen Haus und einem verwahrlosten Garten. Das Haus kennt jeder in der Stadt und dadurch erhielt er auch seinen Spitznamen Unkrauthüter, was heute noch jeder weiß aber keiner mehr zu ihm sagt. Die Leute haben sich eben daran gewöhnt.«

»Unkrauthüter- nicht schlecht. Haben die Leute vor ihm Angst?«

»Nein, das wohl kaum, er ist umgänglich und spricht mit jedem freundlich.«

»Was macht er wenn er hier oben alleine ist?«

»Ich denke ausruhen und neue Kräfte sammeln. Ich habe keine Ahnung, ich bin auch nicht immer hier, obwohl ich das hier mein zu Hause nenne. Aber das Haus bauten wir beide zusammen und deshalb hat er dasselbe Recht hier zu wohnen oder zu leben.«

»Vertraust du ihm?«

»Misstrauen wäre nicht gut und führt zu Ärger. Wir wechseln uns immer mit dem Einkaufen und mit anderen Dingen wie holzhacken ab. So ist jeder mal dran und es ist fair. Warum stellst du diese Frage?«

»Nur so. Ich glaube er verbirgt etwas und das beunruhigt mich. Glaubst du wirklich an Visionen?«

»Natürlich.«

»Na ja ich weiß nicht ob diese Deutungen so richtig sind.« Katharina sah ihn dabei etwas nachdenklich an und merkte wie sein Gesichtsausdruck sich veränderte. Er selbst schien darüber nachzudenken und vermutlich wollte er sie nicht noch mehr beunruhigen. Nachdem er draußen ein Geräusch hörte war sein nächster Griff sofort zum Gewehr, das am Abend stets in seiner Greifnähe war.

»Was ist los?«, fragte Katharina bedenklich, aber erhielt keine Antwort. Er verließ das Zimmer und öffnete langsam die Haustür. Doch es musste sich nur um ein Tier gehandelt haben, das in der Nacht nach Futter suchte.

»Was war denn?«, fragte sie nochmals als er wieder hereinkam.

»Nichts, es war vermutlich nur der Wind.«

Danach setzte er sich wieder in seinen Stuhl und nahm sein Buch in die Hände. Katharina stellte ihm jedoch keine Fragen mehr obwohl sie noch etliche gewusst hätte. Aber irgendwie machte sie sich jetzt mehr Sorgen um TJ, er war dort draußen mit John alleine. Wenn er nicht sein richtiger Sohn war und er tatsächlich seinen besten Freund umgebracht hatte, dann würde er auch nicht davor zurückschrecken, ihn ohne ein Wimpern zucken umzubringen. Möglicherweise geschah es bereits in diesen Minuten und sie saß hier und niemand konnte ihm helfen. Sie empfand keine Liebe zu TJ, aber sie verglich ihn mit ihrem Bruder und das war Grund genug nach der Wahrheit zu forschen. Sie legte sich zurück und beschloss am nächsten Tag ein wenig die Umgebung auszukundschaften. Crying Hawk musste aus diesem Grund das Haus verlassen, um das herauszufinden gab es nur eine Möglichkeit.

»Bist du morgen auch in der Klinik?«

»Ja.«

»Den ganzen Tag?«

»Ja und ich möchte nicht das du mir das Haus verlässt.«

»So! Und warum?«

»Weil hier manche Gefahren lauern.«

»Nur Tiere, ja?«

»Was sonst?«, erwiderte er ungehalten und dennoch sah er sie während diesem Gespräch nicht mehr an, sondern richtete seinen Blick nur auf die aufgeschlagenen Buchseiten. Katharina störte das jedoch weniger und trotzdem musste sie noch einen Satz loswerden.

»Möglicherweise ein böser, böser Mensch, den man auch Mörder nennt.«

Erst jetzt sah er zu ihr, legte sein Buch zugeklappt weg und lief schließlich zu ihr. Sein Blick nachdenklich, er setzte sich auf die Bettkante und sprach zunächst nichts. Katharina konnte in diesem Gesicht deutlich Unbehagen erkennen und das war kein Trugschluss. Er schwieg weiter, bis er plötzlich meinte: »Ich weiß nicht wie ich dein Vertrauen stärken soll, aber hier oben wird nicht einmal die Einwanderungsbehörde nach dir suchen.«

»Eben und auch keine Polizei, weil niemand weiß, dass ich hier bin und dass ich überhaupt existiere,« erwiderte sie aufgebracht, während er es jedoch unterließ eine weitere Antwort zu äußern. So blieb es dann im Verlauf des weiteren Abends, bis sie eingeschlafen war und am nächsten Morgen neben ihm erwachte. Die Sonne schien bereits in das Fenster hinein der Himmel war teilweise bewölkt.

»Gut geschlafen?«, fragte er und legte dabei seinen Arm auf ihren Oberkörper der unter der Bettdecke eingewickelt war.

»Ja, ich denke,« sagte sie weniger freudig und wirkte etwas unausgeschlafen. Tiefe Augenränder zeichneten ihr Ge sicht, ansonsten war sie bleich und nervös.

»Nach dem Frühstück wirst du dich besser fühlen.«

»Möglich,« erwiderte sie kurz und würdigte ihn keines Blickes, was ihn jedoch weniger interessierte. Er stieg aus dem Bett, zog sich rasch an und bereitete das Frühstück zu. Katharina begann erneut zu überlegen und hoffte dass sie heute endlich genügend Zeit hatte um sich ein wenig außerhalb des Hauses umzusehen. Das Frühstück war gut und trotzdem brachte Katharina kaum einen Bissen herunter. Möglicherweise war sie auch schon nervös, was sie entdecken würde, falls es überhaupt etwas zu entdecken gab.

Schweigend saßen beide am Tisch und während Crying Hawk aß, konnte sie ihn nur beobachten. Dennoch sprach er sie nicht auf ihre Appetitlosigkeit an. Danach stand er auf räumte wie gewöhnlich den Tisch ab und verließ nach einer kurzen Verabschiedung das Haus, vergaß jedoch nicht ihr einen Kuss zu geben. Er fuhr mit dem Pick-up weg, dessen Motor man auch wie gewöhnlich Meilen weit hörte, was also auch bei seinem Kommen wieder der Fall sein würde.

10

Katharina wollte nicht länger warten und stieg sofort aus ihrem Bett. Sie zog sich einen Pullover an, der ohne Zweifel auch aus ihrem Koffer stammte und auf dem Stuhl gegenüber über der Stuhllehne hing. Eine Hose konnte sie nicht auftreiben, also musste sie in der Hose ihres Pyjamas aus dem Haus gehen. Doch für alle Fälle nahm sie das Gewehr mit, das direkt über der Haustür hing und abends neben dem Kamin stand. Tatsächlich war das Abbild wie aus einem Wildwest Film, das Gewehr, die Vorsichtsmaßnahmen und Angst vor ungebetenen Gästen.

Sie öffnete langsam die Tür und sah zunächst in alle Winkel nach draußen. Die Luft wirkte rein und frisch. Kühler Wind wehte und nur wenige Vögel sangen. Ein Adler kreiste wieder hoch in den Lüften über dem Haus und war auf Beutefang. Der

Himmel auf der einen Seite dunkel und auf der anderen freundlich und strahlend himmelblau. Vermutlich wurde das Wetter jetzt schlechter, vielleicht auch kälter. Katharina verließ mit dem Gewehr das Haus und sah sich erst einmal um. Zunächst entdeckte sie außer dem gegenüberliegenden Schuppen nichts und sie überlegte, ob sie darin überhaupt etwas finden konnte und selbst wenn sie auf etwas bedrohliches stieß; konnte sie mit einem gesunden Arm wohl kaum gut genug schießen, da sie noch nie mit einem Gewehr geschossen hatte. Was sollte darin schon aufbewahrt werden, außer der Pick-up und John's Wagen. Es war also kaum lohnend darin nachzusehen, also lief Katharina zurück zum Haus und in den Raum, der wie ein Behandlungszimmer eingerichtet war. Dort öffnete sie zunächst den Schrank und betrachtete nochmals die ganzen Steckbriefe. Aber sie hatten ihren Platz nicht gewechselt und bis auf Crying Hawks Baumfällerhemd war nichts sonderbares in diesem Raum. Katharina wollte ihn deshalb wieder verlassen aber etwas hinderte sie daran. Sie lief zu dem Hemd, sah wie eine eifersüchtige Ehefrau in der Brustasche nach und entdeckte was seltsames. Das Telegramm welches Crying Hawk für sie wegbringen sollte und den Faxbrief welchen sie TJ gab, und eigenständig formulierte waren jetzt bei Crying Hawk gelandet. Also hatte TJ nicht die Wahrheit gesagt und den Brief Crying Hawk gegeben. Aber er hatte ihn nicht abgesendet. Sie nahm beide Briefe an sich und versteckte sie unter der Matratze ihres Bettes. Sie hoffte, dass Crying Hawk merkte, dass sie fehlen und das sein Verhalten ändern würde. Inzwischen war es ihr auch egal was passieren würde, weil sie ohnehin nicht ewig in dieser Ungewissheit leben wollte. Sie griff wieder nach dem Gewehr und ihr siebter Sinn versprach noch mehr als sie nach draußen lief. Sie nahm ein Stück Feuerholz, das in einem Korb direkt neben der Tür aufbewahrt stand; sie legte es zwischen die Haustür, damit sie nicht zufallen konnte. Dann lief sie ohne zögern hinüber zu dem Schuppen, der eigentlich von außen nicht gerade einen sehr stabilen Eindruck machte. Das Dach aus

Wellblech, stark mit Grünspan bedeckt und die Seiten aus teilweise zusammen genagelten Holzlatten. Im Allgemeinen machte er einen schiefen Eindruck und würde einen stärkeren Windstoß nicht überstehen.

Sie öffnete ihn und erblickte zunächst John's Wagen und einen freien Platz, wo vermutlich immer der Pick-up stand. Dahinter befand sich eigentlich nur Gerümpel wie alte Flaschen, Bierdosen, drei verrostete Gasflaschen, die vermutlich einmal zum Gasherd in der Küche gehörten und dann war da noch eine Wand die mit einer Tür versehen den Raum trennte. Langsam öffnete sie die Tür und spähte hinein. Außer ein paar Heuballen sah sie zunächst nichts verdächtiges. Doch nachdem sie sich bereits wieder umdrehen und den Schuppen verlassen wollte, betrat sie doch lieber den Raum ganz und musste eine Entdeckung machen die ihr von einem Moment auf den anderen große Angst und Sorgen bereitete. Ihr völlig zu Schrott gefahrenen Mietwagen befand sich in diesem Teil des Schuppens und alle Sachen die sie noch vor dem Unfall darin verstaut hatte befanden sich darin. Was auch noch darin war, waren ihr Ausweis ihr Rückflugticket und Reiseschecks im Wert von 5000 Dollar. Wenn sie also auf Geld aus gewesen wären, so lägen diese Checks ganz gewiss nicht mehr darin. Der Kofferraum öffnete sich leicht und darin war noch ein weitere Koffer mit Kleidung, die sie sich herausnahm um noch einen Schritt weiter zu gehen. Sie war gespannt was Crying Hawk diesmal für eine Ausrede verwenden würde. Irgendwann kam ihr ein ganz anderer Gedanke, warum sollte sie warten bis er zurückkam. Sie musste doch nur den Wagen von John kurz schließen und wegfahren. Aber welches Kabel war dafür geeignet und wie machte man das professionell? Sie hatte so etwas noch nie getan und eigentlich hatte sie davon überhaupt keine Ahnung. Außerdem wusste sie nicht, ob der Wagen voll getankt war und wenn sie bis jetzt alles vertuschen konnten, so war es ebenso denkbar, dass sie einen weiteren Fluchtversuch verhinderten. Sie nahm ihren Koffer, das Gewehr und lief zum Haus zurück. Sie schlug mit dem gesunden Fuß den Holzklotz weg und knallte die Tür mit einer wahrhaftigen Wut im Bauch zu. Dann lief sie zu ihrem Zimmer und öffnete ihren Koffer in welchem noch all ihre Kleidung sauber und ordentlich von zu Hause aus eingeordnet war. Das Rückflugticket hatte sie nicht herausholen können und ebenso auch nicht ihre Papiere, da der ganze vordere Teil des Wagens auch völlig eingedrückt war und ein Hineinkommen in ihrem Zustand unmöglich machte. Trotzdem hatte sie jetzt ihren Koffer, in welchem sich auch ein Bild von ihren Eltern befand. Während sie dieses betrachtete, sah sie traurig aus. Irgendwann kam ihr der Gedanke, dass sich der andere Koffer auch irgendwo befinden musste. Eigentlich war sie in jedem Zimmer gewesen und plötzlich fiel ihr der abgeschlossene Raum ein. Anstatt weiter auf dem Bett sitzen zu bleiben verschwand sie und lief zielstrebig zu dem Raum. Zunächst schien es so, als ob die Tür zugeschlossen war, doch als sie stärker daran drückte, und danach heftig mit ihrem Arm dagegen schlug öffnete diese sich. Dieser Raum wirkte gespenstisch, obwohl darin nur Lebensmittel aufbewahrt wurden. Tatsächlich gab es in diesem Raum keinen weiteren Hinweis und außer mehreren Paletten Bier, Mehlsäcken und einigen Packungen dessen Inhalt von Keksen bis hin zu Nudeln und Kaffee reichte, wirkte das Zimmer nicht wie ein Versteck. Doch wo war der andere Koffer von ihr? Im Wagen war er nicht und bevor sie den Unfall hatte, lag er auf der Rückbank und dort war er nicht mehr. Eigentlich konnte er das auch nicht mehr sein, da sie bereits Kleidung wie ihren Pyjama und den Pullover trug. Sie ging wieder zu ihrem Bett und nachdem sie sich ein wenig darin ausgeruht hatte, vernahm sie Stunden später ein Motorengeräusch, das sich nach dem Pick-up anhörte. Doch es war noch weit weg und dauerte eine ganze Zeit bis es lauter wurde. Irgendwann hielt der Wagen direkt vor ihrem Fenster und tatsächlich es war Crying Hawk. Er kam diesmal nicht wie gewohnt zu ihr ins Zimmer und begrüßte sie, sondern er schien nach etwas im Behandlungsraum zu suchen und vermutlich fand er es aus irgend einem Grund nicht. Er lief mehrmals hinaus zum Wagen und irgendwann kam er zu ihr in das Zimmer. Er sah sie wie immer freudig an und gab ihr auch einen Kuss auf den Mund. Obwohl der Koffer auffallend vor ihrem Bett stand schien ihn das nicht im Geringsten zu interessieren. Er streichelte sie zunächst eine ganze Zeit, bis er ihr langsam den Ärmel des Pyjamaoberteils hochkrempelte und ihr eine Spritze geben wollte. Doch Katharina zog ihren Arm weg.

»Nein!«, sagte sie laut und deutlich missgestimmt.

»Was nein? Diese Spritze ist gegen Blutstauungen.«

»So gegen Blutstauungen?«

»Ja, das spritze ich dir nicht das erste Mal.«

»Crying Hawk, du kannst mit deinem schwachsinnigen Spiel aufhören. Ich habe bereits einiges entdeckt und möglicherweise hast du diesen Koffer hier bemerkt.«

»Ja, was ist mit ihm?«

»Kannst du dir das nicht vorstellen?«

»Natürlich sehe ich, dass das ein Koffer ist.«

»Du mieser Kerl! Du bist ein Psychopath, habe ich Recht? Verdammt gib mir Recht!«, brüllte sie wutentbrannt und schlug ihm dabei die Spritze aus der Hand.

»Lass mich raten, du glaubst noch immer, dass John und ich dich töten wollen, nicht wahr?«, erwiderte er sachlich und schien keineswegs überrascht. Seine Reaktion war als ob er es ahnte.

»Ihr! Das ist jetzt Nebensache! Jetzt ist mir klar, warum mich niemand finden oder suchen wird. Mein Unfallwagen steht gegenüber in der Scheune.«

»Ja, ich weiß. Und was ist daran so schlimm?«

»Allmählich glaube ich, dass du mich wahnsinnig machen willst.«

»Das brauche ich nicht zutun, du machst das bereits sehr erfolgreich.«

»Also gibst du es zu?«

»Was gebe ich zu?«

»Zum Himmel Donnerwetter noch einmal, du Schwein glaubst mich hier fest halten zu können. Aber glaube mir, das wird für dich kein Vergnügen!«

»Aber das ist es bereits. Wir vögeln miteinander und ich dachte du würdest etwas für mich empfinden.«

»Was! Du bist krank, verrückt und John vermutlich auch. Ach ihr seid alle verrückt.«

»Ich wusste, dass der Wagen in der Scheune steht, aber nur weil er sehr viel Benzin und Öl verlor. Wenn sich das entzündet hätte, was bei dieser Hitze nicht ungewöhnlich wäre, hätte es einen Waldbrand gegeben. Deshalb habe ich den Wagen hier her abgeschleppt,« seine Worte klangen eingebläut und nicht ehrlich, dann fügte er noch hinzu, »John hat geholfen den Wagen zu bergen, das war kein Kinderspiel und gefährlich auch noch.«

»Ach gefährlich war es! So viel mühe wegen mir, das muss doch nicht sein,« ihre Betonung zynisch ihr gesamtes Verhalten voller Misstrauen, danach meinte sie, »wieso hast du nichts davon erwähnt, als ich von dem Wagen sprach?«

»Ich hielt es eben nicht für so wichtig«

»Oh nicht so wichtig!«

»Ja.«

»Ja! Einfach nur ja! Deine Antworten kotzen mich allmählich an!«

»Was soll ich denn noch darauf sagen. Ich weiß nicht was ich noch tun soll um dich davon zu überzeugen dass ich dir helfen will und nicht auf irgendeine Weise schaden möchte.«

»Wie gedenkst du mir denn zu helfen?«

»In dem ich deine Briefe weg senden wollte, aber die konnte ich vorhin nicht finden.«

»So, die konntest du nicht finden! Na dann denke einmal darüber nach wer sie wohl haben könnte?«

»Du,« sagte er ohne Überlegung.

»Ich?«

»Ja und sie befinden sich unter dieser Matratze.«

»W-a-s? Ja... aber wie...,« sagte Katharina plötzlich leise und zugleich wirkte sie fassungslos.

»Ich hätte sie nie gefunden, aber wenn ein Teil dieser Briefe beim Bettlacken hervor scheint, ist es wohl sehr offensichtlich, oder etwa nicht?«, während er die Antwort gab konnte er sein Grinsen nicht unterlassen. Katharinas entsetzter Gesichtsausdruck begann sich zu normalisieren und anschließend lief sie rot an.

»Ich war davon überzeugt das TJ etwas für sich behalten könnte. Aber er kann es wohl doch nicht.«

»Wieso TJ? Was hat der denn damit zutun?«

»Na ihm gab ich doch den Faxbrief und den fand ich jetzt in deinem Hemd.«

»Diese Erklärung ist einfach.«

»Wirklich? Na dann klär mich mal auf!«

»TJ hatte an diesem Abend mein Hemd angezogen da er seines in der Stadt, bei seiner Freundin vergessen hatte und steckte es aus diesem Grund auch in die Brusttasche. Aber ich wusste nichts von diesem Brief, ich dachte es gebe nur einen. Du hast es mir aber jetzt erzählt, nicht TJ.«

»Ja aber dann...,« Katharina fühlte sich immer beschämter.

»Süße, du musst dir keine Sorgen machen, ich glaube du hättest mit dieser Einstellung nicht in dieses Land kommen dürfen. Ich denke die ganzen Vorurteile die du gehört hast, spucken jetzt in deinem Kopf herum. Das macht dich misstrauisch und weckt deine Ängste.«

»Ich kann aber nichts dafür. Ich dachte, dass... ach ich weiß nicht was ich dachte. Aber als ich den Wagen sah, war mir klar, dass du mir das verheimlicht hast.«

»Warum sollte ich? Es gibt dafür keinen Grund.«

»Oh doch den gibt es, meine Eltern werden bereits krank vor Sorgen sein. Sie haben seit meiner Ankunft kein Lebenszeichen von mir gehört. Und dann möchte ich wissen wie lange bin ich bereits hier? In diesem Haus gibt es keinen Kalender, ich weiß nicht einmal welchen Tag wir heute haben.«

»Heute ist Mittwoch. Und du bist seit fünf Wochen bei mir.«

»Fünf Wochen! Und..... und wie erkläre ich alles am Zoll, wenn ich mich nicht irrewerden die mir unangenehme Fragen stellen, wenn ich ein halbes Jahr später durch den Zoll in das Flugzeug steigen will.«

»Nein werden sie nicht, da ich dir ein ärztliches Attest geben werde auf welchem alle Details stehen und dieses Land verweigert einem Tourist keine klinische Hilfe. Falls es bis dahin noch notwendig ist.«

»Wieso notwendig? Natürlich ist es notwendig.«

»Möglich, vielleicht auch nicht.«

»Und warum nicht?«

Er sah auf den Boden und überlegte irgendetwas, dann sah er hinaus zum Fenster und gab Katharina eine Antwort.

»Vielleicht willst du bei mir bleiben und wir heiraten?«

»Wie bitte! Ach und für meine Eltern bin ich für immer verscholen, aufgelöst in Luft - einfach weg. Du bist wie Jason geistig verwirrt!«, brüllte sie erneut.

»Nein, aber wütend machst du einen interessanten Eindruck.«

»So meinst du?«

»Ja, meine ich,« sagte er und zündete sich eine Zigarette an. Aber Katharina konnte sich in jenem Augenblick nicht mehr beherrschen, sie stieg etwas unbeholfen aus dem Bett und schmiss eine auf dem Tisch stehende Vase auf den Boden und den Korb mit gestapeltem Brennholz um der sonst vor der Haustür stand. Crying Hawk saß einfach nur da und ließ sie ihre Wut ausleben. Ihm schien es überhaupt nichts auszumachen und nachdem sie sich erschöpft auf das Bett setzte verließ er für einen kurzen Moment den Raum. Er kam mit einem Besen und einer Kutterschaufel, in seinen Händen haltend, zurück.   »Hier bitte, damit kannst du das Hinterbliebene deiner Wut zusammen kehren ich bereite inzwischen etwas zum Essen vor.« Nachdem er ihr diesen Auftrag erteilte, stellte er den Besen an den Tisch die Kutterschaufel darauf und verließ den Raum.

»Dieser Kerl! Du verdammter Idiot, ach ich könnte jetzt...,« sie schimpfte weiter in laut vernehmbaren Worten bis sie plötzlich schwieg und artig die Scherben der Vase und das Holz aufsammelte. Nachdem sie fertig war stieg sie zurück in das Bett und erst einige Zeit später kam Crying Hawk mit dem Tablett herein und deckte den Tisch. Danach holte er einen Topf in welchem sich Eintopf mit Speck befand, dazu reichte er Weißbrot, das sehr dick aufgeschnitten war.

»Iss jetzt, das wird dich stärken und dir wieder neue Kraft geben,« sagte er und streichelte ihr durchs Haar.

»Du bist mir nicht böse?«

»Nein, du hast ja aufgeräumt und nicht ich.«

»Ach sonst wärst du verdammt sauer geworden, ja?«

»Ja, das denke ich schon.«

»So du denkst das,« sie hielt ihren Löffel in der Hand aber essen konnte sie nicht, statt dessen fügte sie aufgebracht hinzu »und wenn ich häufiger zu solchen Wutanfällen neige?«

»Dann wirst du eben danach noch genügend Kraft aufbringen müssen, um alles wieder zu reinigen.«

»Aha,« entgegnete sie nachdenklich und nahm schließlich doch einen Löffel vom Eintopf der wieder gut gewürzt war. Sie wirkte beim Essen sehr abwesend, was auch darauf hinwies, dass sie ihre Weißbrotscheibe in ganz kleine Brotkrumen zerstückelte und unbemerkt neben den Tisch fallen ließ. Crying Hawk beobachtete sie zunächst dabei, äußerte sich aber dazu nicht. Erst nachdem sie wieder eine Scheibe nahm und dasselbe Spiel von vorne begann, konnte er nicht mehr schweigen.

»Du wirst nach dem Essen wieder kehren müssen und zudem wird dein Eintopf kalt.«

»Was?«

»Dein Brot, du zerpflückst es. Iss jetzt und denke nicht zu viel nach.«

»Ich denke nicht nach, ich will endlich nach Hause,« während sie das sagte, sah sie zu dem Bild ihrer Eltern hinüber. Und kurz darauf begann sie zu weinen.

»Kathy, ich weiß das. Aber die Situation erfordert Geduld.«

»Geduld? Ich bin gesund und mit einem Gipsfuß kann man fliegen.«

»Ja, mit einem Gipsfuß schon aber nicht mit verwirrten Sinnen.«

»Wie meinst du das?«

»So wie ich es sagte.«

»Ich bin nicht verwirrt und das weißt du.«

»Psychisch gesehen leider schon. Hin und wieder sprichst du im Traum von Mördern und deinem eigenen Mord. Aber hier kann und wird dich niemand umbringen.

»Aber jeder kann hier her gelangen und wer sagt, dass du, John oder TJ, möglicherweise sogar Jason nicht mein Mörder sein wird?«

»Siehst du, genau das meine ich. Und das Thema haben wir jetzt schon sooft durchgenommen. Warum sollten wir dich dann heilen?«

»Woher soll ich denn das wissen. Wenn ich schon fünf Wochen hier bin, dann hättest du schon längst eine Möglichkeit gefunden, meine Eltern zu benachrichtigen.«

»Nein hatte ich nicht.«

»Ach das hattest du nicht und warum nicht?«

»Weil du immer wieder eine andere Idee hattest zu flüchten wo kein Grund zur Flucht bestand und anstatt das du heil davon gekommen wärst, bist du kränker oder geschundener zurückgekehrt.«

»Ich liebe meine Freiheit und ich hasse es immerzu verarscht zu werden, was hier ein Dauerzustand ist.«

»Verarscht?«

»Ja verarscht. Denn John erzählt die Geschichte anders, du erzählst sie anders und TJ hat auch eine andere Variante parat.«

»Das ist normal, weil jeder eine andere Ansicht hat. Menschen fassen nun einmal unterschiedlich auf.«

»Ach und ich kann mir dann das Beste davon heraus picken, ist es so?«

»Nein ist es nicht und manchmal hattest du durch die Gehirnerschütterung auch Phantasien, die dich erst Recht hinter eine dunkle Fassade lockten.«

»Na diese dunkle Fassade hält mich aber lange fest, anscheinend will sie, dass ich hier oben versauere oder verschimmle!«

»Iss jetzt! Mit vollem Magen sieht die Welt anders aus und der Körper bekommt Energie.«

Crying Hawk nahm sich bereits den dritten Teller vom Eintopf während Katharina noch nicht einmal zwei Löffel gegessen hatte. Stattdessen sah sie wieder zu dem Bild ihrer Eltern und brach erneut in Tränen aus. Sie konnte nicht mehr essen, sie wollte nur noch aus diesem Land verschwinden und nach Möglichkeit nie wieder einen Fuß dahin setzten. Aber sie konnte es nicht alleine schaffen und das wusste sie. Sie brauchte Hilfe und die war vermutlich weiter weg als ihr Heimatland. Nachdem sie sich beruhigte, aß sie doch ihren Teller leer und nahm noch eine Weißbrotscheibe mit in ihr Bett um sie dort zu essen. Crying Hawk verabreichte ihr dann doch die Injektion; nachdem sie nicht müde wurde merkte sie, dass er anscheinend die Wahrheit sagte. Am Abend lasen beide im Buch, unterdessen wirkte die Stimmung wieder ruhig und ausgeglichen. Trotzdem machte sich Katharina sorgen, weil sie ihre Eltern nicht unnötig im Ungewissen lassen wollte und weil sie das Versprechen gab sofort etwas hören zu lassen. Irgendwo in ihrem tiefsten Inneren fühlte sie, dass sich bald eine Situation ergeben würde, was und wo auch immer das sein mochte.

Am darauf folgenden Tag sollte Katharina endgültig von ihrer Meinung überzeugt sein, dass sie von Verbrechern umgeben war. Sie wurde von Crying Hawk in das Behandlungszimmer getragen, wo er sie auf der Liege absetzte. Danach ging er in den Schrank und stellte drei Medikamente zusammen die er ihr in Form von Tabletten verabreichen wollte. Doch sie nahm diese nur zögernd entgegen.

»Was ist das?«, fragte sie mürrisch und sah voller Misstrauen zu ihm.

»Das sind Tabletten,« gab er zur Antwort und schob dabei eine in ihren Mund. Katharina spuckte sie wieder aus und behielt sie auf ihrer Handfläche.

»Für was? Drogen oder Schmerzmittel die mein Herz langsam lähmen sollen.«

»Nein.«

»Nein? Aha! Aber vermutlich hast du die Güte mir zu sagen für welches eventuelle Leiden ich sie dann bekomme.«

»Es ist Antibiotika und somit entzündungshemmend.«

»Was sollte an mir schon entzündet sein, außer meine fasst ununterbrochene Wut!«

»Dein Bein, meine Süße.«

»Mein Bein? Ach und seit wann ist ein Bruch entzündungsgefährdet?«

Sie verstand kein Wort was er sagte und schluckte dann einfach die Tabletten hinunter. Sie beobachtete Crying Hawk sehr genau, eigentlich bei jedem Schritt oder Handgriff. Er nahm ganz vorsichtig die Binde an ihren Zehen ab und blickte dabei oftmals zu ihr.

»Du kannst dich jetzt zurücklegen, es wird nicht wehtun, das verspreche ich dir.« Währenddessen arbeitete er weiter. Aber Katharina dachte nicht im Traum dran sich nach hinten zu legen. Nachdem er den Verband vollständig von ihren Zehen entfernt hatte, holte er eine kleine Flasche, mit dessen flüssigem Inhalt er ihren kleinen Zehen mit einem Wattestäbchen ein pinselte. Doch in jenem Moment zählte sie nur noch vier Zehen an ihrem Fuß und keine fünf.

»Was ist mit dem kleinen Zeh geschehen?«

»Er wurde von der Falle abgetrennt.«

»Wie bitte!«, brüllte sie völlig fassungslos. Blankes Entsetzen stand in ihr Gesicht geschrieben.

»Es ist nur der kleine Zeh und nicht der ganze Fuß.«

»Na welch eine Beruhigung! Ich will auf der Stelle in ein Krankenhaus! Hast du das verstanden und dort kann ich dann endlich meine Eltern benachrichtigen.«

»Natürlich ist es schockierend wenn ein Teil eines Gliedes fehlt. Aber der Zeh war völlig zerquetscht, ich musste ihn amputieren. Du brauchst in keine Klinik.«

»Und ob ich das muss, die würden mich gleich nach Hause entlassen, in mein Land!«

»Nein sie würden dich in die Klapsmühle einliefern, weil sie im Glauben wären du bist dem Wahn verfallen und das will ich verhindern.«

»Ach du willst es verhindern und mich hier langsam aber sicher zerstückeln. So ist es doch?«

»Nein, ich will dir nur helfen. Denn mein Beruf ist auch mit Leidenschaft verbunden.«

»Oh ja! Er ist mit einer mörderischen Leidenschaft verbunden. Quälen bis man wahnsinnig wird. Danach hast du ein leichtes Spiel mit mir, denn wer wahnsinnig ist begreift nicht mehr wo er ist und was er ist.«

»Nein mein Schatz und das weißt du. Nun verhalte dich still ich werde dir jetzt einen neuen Verband anlegen und dich dann ein wenig in die Sonne nach draußen setzen.«

»Natürlich, damit ich in der Sonne schmore und vor Durst eingehe wie ein Primel.«

»Nein, damit du erblühst wie eine wilde Rose stolz und frei; allerdings umgeben von Dornen, die dir möglicherweise sogar selbst Qualen zufügen,« erwiderte er dann etwas gereizt, was Katharina wieder zum Schweigen brachte. Sie beobachtete ihn weiterhin wie er langsam den Verband um ihre letzten beiden Zehen, oder zumindest um die vorletzte Zeh, und Fußballen anbrachte. Danach zog er noch eine Spritze auf, gegen die sich Katharina äußerst heftig zu wehren begann. Er hatte beachtliche Mühe sie fest zu halten doch ihre Kräfte waren binnen weniger Minuten erschöpft, so dass er sie danach leichter bewältigen konnte. Kurze Zeit später wurde sie müde, umgeben von einem Gefühl innerer Leere und Haltlosigkeit. Sie sank zurück auf die Liege, worauf er sie dann tatsächlich hinaus in einen großen

Liegestuhl aus Stoff setzte. Das Gestell war aus robustem Holz, das aber nicht neu und an ein paar Stellen abgesplittert war, doch für diese Zwecke eignete er sich noch hervorragend. Der Stoff erschien sauber und die Decke darauf war die von ihrem Bett. Er streichelte sie nochmals und ging wieder zurück ins Haus. Bald darauf kehrte er mit einem Sonnenhut und einer Sonnenbrille zurück.

»Hier, damit du keinen Sonnenstich bekommst. Ich hole dir noch gleich etwas Kühles zum trinken, dann werde ich wieder Holzhacken.«

»Das Gift kannst du ja jetzt unbesorgt in den Drink gießen. Ich liege hier fasst wie ein Sack Kartoffeln und ehrlich gesagt fühle ich mich auch so.«

»Das Gefühl bezieht sich aber anscheinend nur auf deinen Körper und nicht auf dein zügelloses Mundwerk und die dreisten Gedanken, oder?«, entgegnete er sarkastisch, was Katharina in noch größeren Zorn versetzte. Sie biss so stark auf ihre Unterlippe, dass diese heftig zu bluten begann. Aber in jenem Augenblick wusste sie nicht wie sie diesen Zorn hätte kontrollieren können. Er war inzwischen im Haus verschwunden und kümmerte sich vermutlich um den Drink. Sie versank in einer Flut Gedanken, die sie nicht an dem amputierten Zeh vorbeiließen. Er konnte kein Psychopath sein. Seine Erscheinung war ausgeglichen, freundlich und in fasst allen Situationen sachlich. Ganz gleich was er auch machte, seine Aussage war stets dieselbe - er wollte ihr helfen. Eine Amputation des Zehs wäre bestimmt nicht notwendig gewesen. Konnte sie seiner Aussage über die Verletzung tatsächlich Glauben schenken?

Katharina saß auf der Liege und ihre Blicke richteten sich in das ferne Umfeld. Nichts als Wälder, ein Wenig Hügellandschaft dahinter und inmitten dieser noch wild lebende Tiere. Ein entrinnen nicht möglich, oder zumindest kaum. Es musste doch einen Weg in die Stadt geben, der auch für sie erreichbar war. Erneut wendeten sich ihre Blicke der Umgebung zu, diesmal kritischer und intensiver. Außer Dickicht und überall dunkler

Wald gab es keinen Anhaltspunkt. Kein Weg, keine Straße. Sie konnte nicht einmal jene Straße entdecken, auf welcher sie Crying Hawk hergefahren hatte.

»Bitte sehr Madame, ihr Drink,« ertönte es plötzlich neben ihr und auf einem kleinen Holztablett stand ein hohes Glas mit orange farbiger Flüssigkeit darin.

»Was ist das?«, fragte Katharina kritisch und zögerte das Glas überhaupt in ihre Hände zu nehmen.

»Frisch gepresster Orangensaft. Du kannst ihn mit ruhigem Gewissen trinken.« Crying Hawk nahm selbst davon einen Schluck und nachdem sie immer noch zögerte, trank er das halbe Glas zügig leer.

»Glaubst du, dass ich jetzt mehr vertrauen habe?«

»Wenn sich darin Gift befindet werden wir jetzt beide sterben, was jedoch nicht der Fall sein wird.«

»So, aber ich bin mir da nicht sicher. Du gibst mir Tabletten und ich weiß nicht für was. Du sagst für Schmerzen, doch ich habe keine mehr und dann ist es mir schleierhaft wie mein ganzer Zeh amputiert werden musste. Ich dachte er war bereits zur Hälfte abgetrennt?«

»Das war er auch und ein fasst abgetrenntes Glied muss behandelt werden und das habe ich auch getan,« gab er erklärend zur Antwort und widmete sich darauf folgend dem Holzhacken. Katharina wollte noch etwas erwidern, aber aus irgendeinem Grund unterließ sie es. Statt dessen beobachtete sie ihn wie er das Holz in kleinere Stücke teilte und wie geschickt er sich dabei anstellte. Jeder einzelne Muskel trat an seinem Oberkörper hervor und vermutlich war das auch eine Art Körpertraining. Trotzdem konnte sie ihm kein Vertrauen entgegenbringen; nachdem er eigentlich viel für sie tat. Sie wusste nicht warum, aber etwas hinderte sie daran. Die Abende verliefen wie immer gemütlich, was ihr gefiel. Aber sie vermisste ihre Familie, hauptsächlich ihr Land und ihre heimische Umgebung.
Die letzten Tage ihrer Zweisamkeit vergingen rasch und obwohl Katharina nichts anderes tat, als einen Verdächtigen zu suchen

und Fluchtpläne zu schmieden, brachte sie es nicht fertig eines ihrer Gedanken in die Realität umzusetzen. Ganz gleich wie sie ihre Mutmaßung auch Crying Hawk schilderte, er hatte für alles eine gute Erklärung, die stets einleuchtend und aufklärend erschien. Katharina hoffte, dass sie sich wieder TJ, wenn er mit John vom Ausflug zurückkam, anvertrauen konnte. Sie war sichtlich davon überzeugt, dass er neutral und ohne jeglichen Einfluss die Situation beurteilte. Denn alles was er sagte war die Wahrheit, aber noch immer konnte etwas geschehen, was sie im Moment noch nicht in Betracht zog.

Crying Hawk war in den nächsten Tagen weniger gesprächig und widmete sich jeden Abend seinem Roman. Nur beim Gute Nacht sagen, gab er Katharina einen Kuss direkt auf den Mund. Aber das Schweigen war ihr nicht ganz geheuer.

»Du bist auf einmal so schweigsam. Hat das was mit mir zutun?«, fragte sie etwas vorsichtig, als er am letzten Abend ihrer Zweisamkeit im Kamin Feuer machte. Er drehte sich sofort zu ihr um und sah sie zunächst ohne ein Wort zu äußern an. Sie blickte ihm direkt ins Gesicht und als sie noch keine Antwort bekam meinte sie, »na, soll ich jetzt Rätselraten machen?« ungeduldig saß sie im Stuhl direkt vor dem Tisch und wartete auf eine Antwort.

»Das überlasse ich dir. Ich kann dir bei der Auflösung jedoch nicht behilflich sein.« Sein Gesichtsausdruck blieb normal und trotzdem gab er es allmählich auf immer dagegen zu argumentieren.

»Warum nicht?«

»Weil ich die Lösung nicht kenne.«

»Natürlich ich verstehe, dass du mir nicht gestehen willst, dass du ein vollkommener Psychopath bist.« Plötzlich ließ er das Holz liegen welches er eben noch in den Kamin legen wollte und lief zu ihr. Anschließend lief er hinter ihren Stuhl und beugte sich über sie so dass seine Haare direkt an ihrem Kopf hinunter hingen.

»Katharina, du bist krank, sehr krank. Ich versuche dich nur

120

zu heilen, was mir sehr schwer fällt. Ja und ich gebe zu, manchmal würde ich dir sehr gerne deine zierliche Gurgel herumdrehen, wenn du solchen Blödsinn aus deinem lieblichen Kussmund heraus faselst. Aber im selben Augenblick sehe ich wieder die schönen Momente, die mich dann daran hindern,« sagte er leise in ihr Ohr und lief danach wieder zum Kamin zurück um darin Feuer zu machen.

»Ich habe es geahnt. Ich werde nie wieder nach Hause können weil du mich daran hindern wirst, oder?«

Er sah sie nur nochmals an, unterließ es jedoch etwas zu erwidern. Nachdem die Flammen im Kamin langsam das Brennholz um züngelten, verließ er den Raum und betrat ihn an diesem Abend auch nicht mehr. Katharina ging irgendwann ins Bett und dennoch konnte sie nicht sehr gut einschlafen. Sie erwachte ständig und wurde das Gefühl nicht los, dass sie Crying Hawk, mit ihrer Verdächtigung, eindeutig kränkte. Sie misstraute ihm und seinen Worten und er versuchte alles um sie zu heilen. Es waren zwei Gegensätze die nicht zueinander passten, es war ein Kreislauf der nie zu enden schien.

11

Sie erwachte irgendwann am Vormittag und sah in einen grauen Himmel. Wind wehte in den Wäldern und sehr einladend sah das Wetter nicht aus, um einen Spaziergang zu machen. Warum sollte sie das auch tun, das was sie sehen wollte hatte sie bereits gesehen und an diesem Tag sollte auch John und TJ zurückkehren. Ihre Vermutung war bestätigt, als sie im Verlauf des Vormittags mehrere Stimmen vor dem Haus hörte. Diese kamen ihr sehr vertraut vor und dennoch wusste sie nicht ob dies erneut eine Täuschung ihrer Sinne war. Erst nachdem sie die Stimmen im Haus hörte erkannte sie, dass es die von John und TJ waren. Wohlbehalten betraten beide das Zimmer in welchem sie noch immer in ihrem Bett lag und mit starrendem Blick zur Tür sah.

»Wie ich hörte geht es meinem kleinen Reh noch nicht gut.

Ich dachte wir hatten eine Abmachung getroffen?« Katharina sah John an, der bereits an ihrem Bett stand und sie am Arm entlang streichelte. TJ und Crying Hawk folgten ihm und sahen mit freundlichem Lächeln zu ihr. Doch Crying Hawk lächelte nur äußerlich innerlich führte er einen Kampf, was man ihm beim ersten Anblick nicht anmerkte.

»Nein, mir geht es nicht gut und ich werde mich nie mehr besser fühlen. Ich will zu meiner Familie.«

»Deine Familie wird sobald wie nur möglich benachrichtigt. Bis dahin musst du dich gedulden. Nur wer geduldig ist, bekommt immer das was er letztendlich erreichen will.«

»Ja, wie du meinst,« sagte sie und starrte unentwegt an die Tür, sie schien dabei durch alles hindurch zusehen. Crying Hawk deckte sie wieder zu und streichelte sie ebenfalls, danach verließ er mit John den Raum und lief mit ihm aus dem Haus. TJ blieb bei Katharina und setzte sich etwas später sogar auf ihre Bettkante.

»Wo gehen die hin?«, fragte sie skeptisch und mit hinter fragendem Blick zugleich.

»Hinaus zu den Pferden die eine Stute lahmt. Vermutlich ist sie unglücklich gestolpert, als wir durch die Wälder hier her zurück geritten sind.«

»Ach so.«

»Und stimmt es, dass du dich wieder schlechter fühlst?«

»Ja.«

»Warum? Ich dachte zwischen dir und Onkel Hawk läuft was.«

»Auch schon mitgekriegt?«

»Nein nicht direkt, es war eigentlich nur eine Vermutung.«

»Tja jetzt ist es draußen. Das heißt, ich glaube er mag mich nicht mehr so sehr wie am Anfang.«

»Onkel Hawk? Der ist der geduldigste Mensch auf Erden, den ich kenne.«

»Mag sein, aber ich habe ihn verärgert, da ich ihm nahe legte, dass ich ihm nicht sehr vertrauen kann.«

»Das haut den nicht um. Er ist manchmal wieder Schweigsam, das ist er auch manchmal in unserem Beisein. Manchmal taucht er in eine andere Dimension, aber er taucht auch irgendwann wieder im Leben auf.«

»Das ist eigenartig....glaubst du..... glaubst du er könnte einen Mord begehen?«

»Nein eigentlich nicht,« antwortete TJ nachdenklich.

»E-i-g-e-n-t-l-i-c-h nicht?«, hackte sie langsam nach.

»Nein, warum sollte er das tun? Er hat keine Gründe außerdem ist er Arzt.«

»Ja, vermutlich hast du Recht,« entgegnete sie nachdenklich.

»Hast du Durst?«

»Nein, aber TJ....ehm.... wann kommst du wieder in die Stadt?«

»Heute nachmittag. Warum?«

»Einfach nur so. Ich dachte du könntest noch einmal ein Fax für meine Eltern mitnehmen. Wäre das Okay?«

»Kein Problem. Heute müsste ich es schaffen. Nach dem Essen schwing ich meinen Hintern in die Stadt und erledige das. Schreib mir deine Mitteilung und ich werde sie mitnehmen.«

»Ach und TJ?«

»Ja?«

»Gib diesmal diesen Brief niemand, auch nicht Onkel Hawk, einverstanden?«

»Gut, kein Problem.« Danach stand er vom Bett auf und verließ ebenfalls den Raum. Katharina schrieb erneut ein Fax und während sie dieses schrieb, hatte sie bereits die Vorahnung, dass dieses Fax niemals ihre Eltern erreichen würde. Trotzdem gab sie es TJ noch vor dem Mittagessen und während sie alle beim Essen saßen, kam ihr eine Idee.

»Kommst du hier alleine zurecht, wenn John und ich Holz sammeln gehen?«

»Ich denke schon. Warum sollte ich nicht zurecht kommen?«, meinte Katharina.

»Gut, dann können wir gleich nach dem Essen in den Wald gehen. Vor Einbruch der Dunkelheit werden wir wieder zu Hause sein,« sagte Crying Hawk und nahm sich noch eine große Portion Bratkartoffeln auf seinen Teller, die es zurzeit häufiger gab. Katharina aß langsam und schien mit jedem Biss, den sie hinunterschluckte Probleme zu haben.

»Schmeckt es dir nicht, kleines Reh?« John beobachtete sie bereits seit längerer Zeit.

»Doch es ist gut, nur habe ich eben nicht so großen Appetit.«

»Ach, das gibt sich und eigentlich müsste die Luft hier oben Appetit machen.«

»So müsste sie?«, entgegnete sie, ohne ihn mit einem Blick zu würdigen. Statt dessen stocherte sie missmutig in ihrem Essen herum, sie saß körperlich an diesem Tisch nicht aber mit ihrem Geist.

John aß langsam weiter, wendete seinen Blick jedoch nicht von Katharina ab. Er schien sie mit Röntgenaugen zu untersuchen, was Katharina noch mehr zu nerven begann. Doch sie unterließ es ihn darauf anzusprechen, da diese Worte alles andere als höflich gewesen wären. Nachdem Essen dauerte es noch eine ganze Zeit, bis sich John und Crying Hawk auf den Weg machten. Aber sie verließen vor TJ das Haus und verabschiedeten sich direkt vor ihrem Fenster von ihm. Katharina beobachtete jede Gestik genau und wie die Gesichtsausdrücke, insbesondere von Crying Hawk, waren. Dennoch konnte sie nichts eigenartiges daran feststellen, was ihr noch mehr Kopfzerbrechen bot. Kaum waren sie etwas weiter vom Haus entfernt, schlich sich Katharina hinaus zu TJ's Wagen. Er selbst war nirgendwo zu entdecken und wenn er plötzlich hinter ihr stehen würde, so wäre sie ohnehin sprachlos. Mit zitterndem Leib öffnete sie hinten die Ladeklappe und blickte hinein. Sie entdeckte eine dunkle Decke die fürchterlich nach Mist roch, was jetzt völlig egal war. Die Hauptsache sie konnte endlich von diesem Landstück verschwinden. Sie kroch langsam auf die Ladefläche und währenddessen sah sie immer wieder um sich, ob sie TJ entdec ken konnte. Doch er schien verschwunden und hoffentlich nicht mit einem anderen Wagen gefahren. Das konnte wiederum nicht sein, da er seine Jacke auf den Beifahrersitz gelegt hatte und die schien er immer und überall dabei zu haben. Katharina deckte sich mit der Decke zu und versuchte sich so unbemerkt wie möglich zu verhalten. Sie hatte das Gefühl, dass TJ bereits weggefahren war und wollte gerade unter der Decke hervor kriechen, als sie Schritte vernahm, die näher und näher auf den Wagen zukamen. Sofort deckte sie sich wieder zu und hoffte, dass alles bald vorüber war, da ihr Herz am liebsten aus dem Körper gesprungen wäre. Ihr Atem stockte, der Puls raste und in gleichem Zuge hatte sie auch noch gegen einen eigenartigen Mistgeruch zu kämpfen. Aber nachdem der Motor angelassen war, atmete sie etwas auf und ahnte dass dieser gewagte Schritt zur Freiheit und zu ihrer Heimat führte. Endlich fuhr der Wagen los und inzwischen war es ihr egal wer letztendlich am Steuer saß. Die Hauptsache sie kam endlich selbst in die Stadt und wenn sie sogar so weit gehen musste, bei jemandem zu klopfen um ein Telefongespräch führen zu können. Doch ganz gleich wie die Sache auch ausging, sie war frei und konnte jedem von ihrer misslichen Lage unterrichten. Der Wagen fuhr und auch hier war die Straße nicht geteert. Denn hin und wieder war die Ladefläche nicht unbedingt eine gut gepolsterte Liegegelegenheit. Katharina spürte jedes Schlagloch und größere Steine die er überfuhr. Doch sie hatte sich dafür entschieden und jetzt gab es auch kein zurück mehr. Sie versuchte die Decke ein wenig zu heben um zu sehen, wo sie in etwa waren. Aber noch immer war Wald das einzige Blickfeld, und über ihr schlossen sich Baumkronen zu einem mächtigen Dschungel zusammen und verdunkelten den Tag. Wenige Zeit später ragten ein paar Häusergiebel zwischen dem Baumgrün hervor. Die Straße war nicht mehr so holprig und wirbelte beim Fahren nur noch viel Staub auf. Es tat richtig gut endlich ein paar andere Häuser zu entdecken, die alle den selben kreidebleichen Farbanstrich besaßen. Das war das Einzige was Katharina auffiel, sie wartete ab, bis der Wagen hielt und sie diesen verlassen konnte. Geraume Zeit war vergangen, als der Wagen tatsächlich hielt, aber er konnte auch wegen einer roten Ampel halten, deshalb unterließ sie jede Bewegung, damit sie unbemerkt blieb. Es war keine Ampel, Katharina vernahm deutlich das Anziehen der Handbremse und wie sich kurz darauf die Tür des Wagens öffnete. Wieder der schlurchende Gang und Schritte die sich langsam vom Wagen entfernten. Nachdem sie die Schritte nicht mehr hörte, wagte sie sich ein wenig unter der Decke hervor zu kriechen. Sie blickte in geduckter Haltung um sich, und dabei bewegten sich ausschließlich nur ihre Augen. Kaum Jemand befand sich auf der Straße nur hin und wieder ein Mensch der zielsicher eine Richtung anstrebte. Doch außer weniger als zwanzig Häusern, einer kleinen Tankstelle und ein kaum auffallender Warenladen konnte sie nichts entdecken. Ein Postamt war hier vermutlich auch nicht zu finden geschweige denn ein funktionierendes Faxgerät. Die Häuser sahen alle heruntergekommen aus und am Ende dieser Stadt oder Dorf, war sogar eine kleine Kirche. Hinter dieser befand sich ein kleiner Friedhof, dessen Gräber auch nicht gerade aus jüngster Zeit stammten; zumindest sahen sie schon von weitem verwahrlost aus. Katharina musste nicht einmal zu Fuß gehen, diese Stadt war so einfach zu überschauen, dass sie nur ihren Kopf bewegen musste. Zwischen den grauen Wolken kam endlich etwas Sonne hervor, was alles etwas wärmer und freundlicher erscheinen ließ; trotzdem flößte diese Gemeinde allein durch ihre Häuser und diese Schmächtigkeit, Angst und Unbehagen ein. Katharina stellte erst gegen später fest, dass sich sogar in diesem kleinen Nest ein Gefängnis und ein Sheriffbüro befand; zumindest stand es auf einem Schild, das direkt am Fenster der Eingangstür hing.

Sie kroch langsam die Ladefläche entlang und hoffte, dass sie niemand entdeckte, danach setzte sie sich auf, so dass sie die Ladefläche des Wagens hinuntersteigen konnte. Dabei verspürte sie auch erstmals wieder einen stechenden Schmerz in ihrem Zeh und eigentlich war ihr Allgemeinbefinden auch nicht über ragend. Aber das interessierte sie in jenem Moment weniger, sie wollte nur ihr Fax loswerden und das sobald wie nur möglich. Sie lief sofort zu dem Kleinwarenladen an welchem außen auch ein Postschild hing. Wahrscheinlich war es hier auch möglich ein Fax oder ein Telegramm abzusenden. Sie lief zunächst sehr unruhig in dessen Richtung und drehte sich ständig um. Währenddessen begegnete sie keiner Menschenseele. Als sie an dem Laden ankam blickte sie zunächst durch das große Ladenfenster und musste feststellen, dass sich darin kein einziger Kunde befand, obwohl deutlich das Schild 'open' an der Tür hing. Diese Stadt wirkte wie eine Geisterstadt, menschenleer obwohl lebende Seelen dort verweilten. Jeder Winkel unfreundlich und unpersönlich. Sie sah nochmals hinein und irgendetwas sagte ihr, dass sie diesen Laden nicht betreten sollte. Und durch ihr Zögern erblickte sie bald den Verkäufer der gerade mit dem Einsortieren der Ware beschäftigt war. Als er sich umdrehte erkannte sie Jason, der angeblich Wildhüter war. Katharina wollte gerade weitergehen, als die Ladentür plötzlich mit einem Ruck aufging. Dabei fiel das Schild 'open' herunter und TJ kam mit einem großen Karton wieder heraus. Jason verabschiedete sich freundlich und ließ sogar Grüße an alle ausrichten. Danach hob er das Schild auf, hängte es wieder an seinen Platz und schloss die Ladentür. TJ lief mit dem Karton zu seinem Wagen und legte diesen unter die Pferdedecke. Katharina atmete erleichtert auf, hätte sie nur wenige Minuten länger gewartet, wären sie sich beide begegnet. Doch sie entschloss sich nicht mehr in den Laden zu gehen, da sie Jason wahrscheinlich erkennen würde. Aus diesem Grund lief sie weiter zu der Tankstelle, die gleich ein Haus weiter entfernt lag. Diese war geschlossen, die Preissäule auf welcher einmal die Benzinpreise standen war völlig verrostet und umgeknickt. Deshalb hingen jetzt statt dessen alte Autoschilder an dem umgeknickten Pfahl, dessen Kennzeichnung längst nicht mehr identifizierbar war, aber deutlich mit den aktuellen Benzinpreisen pro Gallone versehen wurden. Katharina runzelte ihre Stirn und lief weiter. Bevor sie sich versah war sie auch schon am letzten Haus angekommen dessen Vorgarten genauso heruntergekommen aussah, wie all die anderen. Autowracks zierten jede Einfahrt, dahinter stapelte sich eine ordentliche Ladung Müllsäcke die zu einem großen Haufen angeordnet waren. Bei manchen Häusern standen vereinzelt zwischen alten, ungepflegten Modellen, auch sehr schöne Neuwagen davor. Es gab wenig Unterschiede, nur eine Ausnahme und das waren die Briefkästen. Alle standen deutlich und sehr ordentlich vor dem Eingang der Häuser, keiner schief angebracht oder ein Familienname undeutlich darauf geschrieben. Wenn man mal alles in Augenschein nahm, konnte man annehmen diese Gemeinde legte viel mehr wert auf ihre Post, als auf alles andere. Jeder Briefkasten sah wie neu angestrichen aus und manche waren sogar mit einem bunten Windrädchen versehen. Jeder Augenblick lief bei Katharina wie ein Film ab, sie wusste nicht mehr ein noch aus. Sie war entkommen, doch im Nichts oder einer kaum auffallenden Stadtgemeinde gelandet. Ratlos lief sie nochmals durch die einzige, ungeteerte Straße und zu allem übel begann es jetzt überraschender weise auch noch zu regnen. Ihr gingen viele Varianten durch den Kopf, um möglicherweise von einem Haus aus telefonieren zu können. Doch als sie die Strommasten entlang der Straße betrachtete, konnten die womöglich noch vom vorigen Jahrhundert stammen. Manche Leitungen hingen bis auf den Boden oder fasst ganz unten. Als der Regen auf ein Kabel kam, warf es kleine Funken um sich da es an dieser Stelle vermutlich frei lag. Sie lief wieder zu TJ's Wagen, der völlig verlassen geparkt war - neben einem Halteverbotsschild. Aber dessen Bedeutung wohl kaum Jemand interessierte. Die Straße verwandelte sich bald in einen schlammigen Asphalt der jeden Schritt von ihr wenige Millimeter in den Morast einsacken ließ. Erst war alles staubig, dann wieder so dreckig, dass man sich kaum noch voran bewegen konnte. Katharina fluchte auf sich und die ganze Welt. Das Land der unbegrenzten Möglichkeiten zeigte sich ihr nicht gerade von der besten Seite und letztendlich war sie ganz allein an allem Schuld. Der Regen wurde immer stärker und sie war inzwischen bis auf die Haut durchnässt. Sie fand in jenem Moment keine Scheune oder Bedachung die etwas Schutz vor dem Regen bot. Die Situation schien aussichtslos und obwohl alles nach einer Zivilisation aussah, stand sie noch immer allein und verlassen inmitten einem besiedelten Gebiet. Als sie sich nochmals umsah, begann sie grundlos laut zu lachen. Sie suchte nach Lösungen die wiederum keine waren und alles schlimmer machten. Sie irrte noch ein wenig umher bis sie sich entschloss am letzten Haus zu klopfen, da es anscheinend auch keine Hausklingel gab. Sie klopfte deutlich an die Tür und rief sogar etwas kläglich um Einlass. Wenig später öffnete eine sehr junge Frau die Tür. Sie blickte Katharina etwas bedenklich an und dennoch erkannte man in ihrem Gesicht eine mögliche Hilfsbereitschaft.

»Entschuldigung, dass ich sie störe, aber ich bin Tourist und habe ein ernsthaftes Problem,« begann Katharina mit frierendem Blick und tropfnassem Haar zu erklären.

»Kommen sie erst einmal herein, sie sind ja ganz durchnässt.«

»Sehen sie ich müsste dringend nach Hause telefonieren, ich werde gefangen gehalten, nicht weit von hier.«

»Oh! Ja....und wo ..... wo wohnen sie?«, stotterte sie und betrachtete Katharina währenddessen mit seltsamem Blick.

»In Schweden, eigentlich bin ich Tourist und ich hatte einen Autounfall, doch dann bin ich in eine Sache hineingeraten, die sich unglaublich anhört. Aber sie ist leider wahr und ich benötige ihre Hilfe.«

»Ja, das glaube ich,« sagte die junge Frau und wendete ihren Blick nicht von Katharina ab. Während sie vor ihr stand wendete sie ihren Blick selbst auf sich und allmählich wurde ihr bewusst, dass die Frau nicht ganz ihrer Aussage Glauben schenkte. Das Einzige was sie an ihrem Leib trug war ein T-Shirt und eine Unterhose dazu das eingegipste Bein und der Pantoffel der zu Hause noch sehr hübsch ausgesehen hatte an ihrem gesunden Fuß.

»Ich bin geflüchtet, ich habe keine Zeit gehabt mich umzu-
ziehen, verstehen sie das?«

Noch bevor sie etwas erwidern konnte unterbrach eine Männerstimme ihre Unterhaltung.

»Schatz, ist irgendetwas nicht in Ordnung?« Auf einmal
blickte sie TJ in die Augen. Katharina war wie gelähmt und
stand zunächst einfach nur da, umhüllt von nasser Kleidung und
einem Körper der wie Espenlaub zitterte. TJ konnte selbst zunächst keine Worte finden, alle drei standen einfach still
schweigend im Flur des Hauses wo die Haustür noch immer
offen stand. Dazwischen das Geräusch des prasselnden Regens,
das mal lauter und dann wieder leiser wurde.

»Was machst du hier? Wie hast du durch den Wald hier her
gefunden?«, fragte er überrascht nachdem er die Worte wieder-
fand.

»Ich bin auf dem Wagen mitgefahren, ich wollte endlich
mit meinen Eltern Kontakt aufnehmen,« erklärte Katharina fasst
weinend und sackte vor TJ und der jungen Frau zusammen.

»Wo mitgefahren?«

»Hinten auf der Ladefläche, deines Wagens. Ich möchte
nicht mehr zurück. Ich will weg. Bitte bring mich zu einem
Flughafen.«

»Wie bitte? Du meinst, so wie du gerade aussiehst, wird
dich jemand in ein Flugzeug nach Europa einsteigen lassen?«

»Natürlich nicht! Aber diese Frau kann mir doch ein paar
Sachen geben die ich anziehen könnte, oder?«

»Kathy, ich habe das Fax weggeschickt - vorhin in dem
Laden gegenüber,« sagte TJ plötzlich und zeigte ihr die Bestätigung, dass das Fax einwandfrei angekommen sein musste.

»Du meinst..., du hast...,« erwiderte sie und atmete nur
noch auf. Die junge Frau sah etwas entgeistert zu beiden und
verstand eigentlich kein Wort. Doch sie stellte auch keine Fragen um sich Gewissheit über die Situation zu verschaffen, sondern holte statt dessen aus einem anderen Zimmer eine Decke

die sie um Katharinas durchnässten Körper legte.

»Das hast du doch gesagt. Ich hatte damals nur keine Gelegenheit mehr, weil der Laden bereits geschlossen war.«

»Ich weiß.«

»Trotzdem werde ich dich wieder zu Onkel Hawk bringen, der kann dich gut behandeln und vermutlich macht er sich schon wieder ernsthafte Sorgen um dich. Wir warten bis der Regen ein wenig nachlässt und dann bringe ich dich zu ihm.«

»Das will ich nicht.«

»Kathy, vertrau mir, okay. Es wird alles gut, glaube mir,« TJ sah zu der jungen Frau die ratlos neben Katharina stand, ihre Blicke waren eindeutig, ihre Gedanken eins. Beide waren davon überzeugt, dass ihr Zustand nicht der Beste war. Und in jenem Augenblick wurde Katharina bewusst, dass Kleidung sehr viel in gewissen Situationen aus machen konnte.

Der Regen ließ erst Stunden später nach und TJ fuhr mit ihr bei Dunkelheit zurück zu Crying Hawk. Auf der Fahrt dorthin sah sie TJ immerzu an. Hin und wieder blickte sie ringsum in den dunklen Wald der zu dieser Stunde gespenstisch aussah. Die Bäume bogen sich im stürmischen Wind und sahen aus wie Geister, die mit langen Greifarmen nach dem Wagen zu greifen versuchten. Der Regen machte die Situation nicht besser, aber Katharina empfand es beruhigend, dass sie im Wagen sitzen konnte.

»Warum vertraust du Onkel Hawk nicht?«

»Ich habe das Gefühl, dass er mir etwas verschweigt.«

»Ja, vermutlich das mit dem Zeh. Er musste ihn amputieren, hat aber lange gezögert.«

»Das weiß ich bereits und das ist nur ein geringer Grund um an ihm zu zweifeln.«

»An ihm musst du nicht zweifeln, er ist ganz in Ordnung. Ihn mögen alle Leute und sie holen ihn auch, wenn Frauen ihre Kinder kriegen oder eine Kugel entfernt bekommen müssen.«

»Eine Kugel?«

»Ja, eine Ballerei ist manchmal im Gange und nicht auszu

schließen. Man kommt nicht ganz drum herum.«

»Na wenn das so ist dann hatte ich enormes Glück. War das deine Freundin?«

»Ja, Melody ist meine Freundin. Sie ist süß, oder?«

»Sie wirkte schüchtern.«

»Tja bei deinem Anblick, ich weiß nicht ob du die Tür sofort wieder zugemacht oder augenblicklich durchgedreht hättest.«

Katharina sah nochmals an sich hinunter und konnte auf einmal lächeln. Sie wusste nicht wie sie es in dieser Situation fertig brachte, aber der Drang dazu war plötzlich da bei einem Haus einfach zu klopfen.

»Vermutlich hast du Recht. Meinst du Crying Hawk wird mich jetzt bestrafen?«

»Warum sollte er das tun? Er wird froh sein, dass du bei mir warst und nicht allein umhergeirrt bist.«

»Ich weiß nicht, ich habe ein eigenartiges Gefühl im Bauch. Kannst du nicht hier für einen Moment halten?«

»Oh Kathy, wir sind doch gleich da und dort ist es am Feuer warm und gemütlich. Er wird dir bestimmt eine warme Suppe machen.«

»Meinst du?«

»Ganz bestimmt.«

»Kommst du mit rein?«

»Ja, aber ich werde wieder zu Melody zurückfahren. Ich habe es ihr versprochen.«

»Wird John auch da sein?«

»Vermutlich, aber er wird mit mir in die Stadt zurückkehren.«

»Bist du dir sicher?«

»Ich denke schon. Was will er bei euch beiden noch?«

Der Weg kam ihr so kurz vor und zu allem übel brannte in jedem Raum Licht. TJ fuhr direkt vor das Haus und parkte gleich in Fahrtrichtung. Dann stieg er aus und half Katharina aus dem Wagen. Sofort öffnete sich die Haustür und John trat als Erster heraus, hinter ihm Crying Hawk.

»Unser kleines Reh hat wieder einen Ausflug gemacht. Aber jetzt sofort hinein in die warme Stube, damit die nassen Haare und die Kleidung trocknen können,« sagte er, während Crying Hawk Katharina auf seine Arme nahm und ins Haus trug.

»Es...es tut mir....mir Leid. Ich wollte nicht, dass du dir sorgen machst. Bitte....., bitte..... verzeih mir.«

»Kathy, beruhige dich. Es ist alles gut, du musst dich nicht entschuldigen,« erwiderte er und wirkte ruhig wie immer, doch eigentlich auch nicht gerade überrascht, dass sie mit TJ zurück gekommen war.

Er legte sie in das gewohnte Zimmer, in dasselbe Bett, welches inzwischen frisch überzogen war. Danach half er ihr beim Ausziehen von der nassen Kleidung. Das Feuer brannte bereits im Kamin, wie es TJ gesagt hatte und tatsächlich stand auf dem Tisch ein Teller mit einem Löffel und eine Suppenterrine bereit. Daneben lag auf einem kleinen Teller etwas Weißbrot, bei dessen Anblick Katharina auf einmal Hunger verspürte.

»Ich wollte doch nur meine Eltern benachrichtigen.«

»In Patrol Town?«, fragte er, mit einer Betonung, als ob er ohnehin wusste, dass dieses Dorf kaum für einen Notruf geschaffen oder für eine gute Versendegelegenheit ausgestattet war.

»Ja.«

»Hattest du Erfolg?«

»Nein. Aber TJ hatte es bereits erledigt.«

»Ich glaube, dass dir kleiner Dreckspatz ein Bad sehr gut tun würde. Findest du nicht auch?«

»Na ja irgendwie schon, aber......vor John und.....,« Katharina fühlte sich beschämt und auch ein wenig benommen, was vermutlich von der Kälte kam.

»Nein, die gehen jetzt beide in die Stadt und wir sind dann ganz allein auf uns gestellt.« Mit einem Grinsen gab er ihr diese Antwort, was darauf hinwies, dass er nicht verärgert über ihren Fluchtversuch war. Doch daran war er vermutlich inzwischen gewöhnt und nahm es eben hin.

»Wenn das so ist, dann könnte ich vielleicht tatsächlich ein Bad nehmen.«

»Es ist nicht nur vielleicht so, sondern du hast ein Bad bitter nötig.«

Drauf verließ er das Zimmer und John kam statt dessen mit TJ herein.

»Ich weiß nicht warum du ständig flüchten willst. Du hast alles was du brauchst, mein kleines Reh.«

»Ja, bis auf die Freiheit, die fehlt mir im Gegensatz zu einem Reh.«

»Aber du kannst doch hinaus, wann immer du willst. Ich verstehe dein Fluchtverhalten nicht. Außerdem ist Patrol Town in diesem Fall der falsche Ort für eine Flucht.«

»Nun, mit der passenden Kleidung wäre ich mir da nicht so sicher.«

Katharina konnte ihren misstrauischen Blick, John gegenüber nicht verbergen. Sie versuchte es, sein Tonfall gefiel ihr nicht. Er war zynisch aber freundlich zugleich. Hatte sie ihn möglicherweise verärgert? Aber bei der Begrüßung hatte sie nicht dieses Gefühl. John deckte sie zu und erst jetzt wurde ihr bewusst, dass sie ohne Kleidung und nur bis zu ihrem Bauch zugedeckt war. Eigenartiger weise sahen beide nur in ihr Gesicht, selbst TJ vermied es, einen Blick auf ihre bloßen, wenn auch wohlgeformten Brüste zu werfen. Vielleicht täuschte sie sich tatsächlich in allen dreien und sie waren genau das, was viele Frauen dort draußen suchten, ein Gentleman voller Würde. Während sich John und TJ verabschiedeten, kam Crying Hawk eine ganze Weile nicht mehr in das Zimmer. Aber Katharinas Hunger wurde deshalb nicht geringer, im Gegenteil, er wurde ständig größer, so dass sie einfach aufstand und etwas Weißbrot von dem Teller nahm. Sie sah im gleichen Zuge in die Terrine und entdeckte, dass darin eine Gulaschsuppe war. Nachdem sie etwas probierte, brannte ihr Rachen wie Feuer. Eigentlich mochte sie dieses scharfe Zeug weniger, aber im Moment war ihr das völlig egal und sie schlang das Essen nur so hinunter. Irgendwie hätte sie noch mehr Weißbrot vertragen können, doch die Suppe war reichlich mit Fleisch- und Gemüseeinlage angerichtet.

Nachdem sie schon eine weile mit dem Essen fertig war, kam Crying Hawk herein. Er sah zunächst auf den Tisch und begann zu grinsen, als kein Weißbrot mehr auf dem Teller lag und die Suppenterrine bis auf die letzte Kelle leer gegessen war.

»Wie ich merke muss es dir sehr geschmeckt haben. Wir hatten bereits gegessen, ich wusste aber, dass ein kleiner Ausflug hungrig macht.«

»Ja, ich war auch hungrig,« sagte Katharina und dabei röteten sich ihre Wangen nicht schlecht.

»Na, na, na, das ist doch kein Grund sich zu schämen. Aber jetzt musst du erst einmal richtig geschrubbt werden.« Er hob sie mit einem gezielten Griff aus dem Bett und trug sie in einen Raum den sie bisher noch nicht entdeckte. Es war ein kleines Badezimmer dessen Tür beinahe der Wand angeglichen war. Kaum auffallend und aus diesem Grund nicht sofort zu entdecken. Die Wanne weiß wie Schnee und das Wasser darin herrlich warm. Ein Vollbad wie sie es seit langem nicht mehr genossen hatte. Der Duft des Schaumbades roch nach irgendeiner Blume, trotzdem fiel ihr diese nicht ein, obwohl sie in ihrem Gedanken deutlich die Blüten davon sah. Crying Hawk setzte sie ganz langsam hinein und reichte ihr einen groß porigen Schwamm.

»Ist das Wasser gut?«

»Ja, es ist wunderbar. Ich weiß nicht wie lange es schon her ist, als ich zum letzten Mal gebadet habe.«

»Versuch dich zu entspannen, ich werde dir nachher den Rücken schrubben.«

Obwohl es mit dem Gipsbein und dem Gipsarm nicht einfach war zu baden, wirkte das Bad befreiend von Staub und Dreck. Den Arm und das Bein legte sie auf die Kante der Wanne auf, so dass diese nicht allzu viel Wasser abbekamen.

»Wann bekomme ich eigentlich den Gips ab?«

»Heute abend noch wenn du willst. Der Zeh wird noch etwas brauchen.«

»Heute, das ist gut, sehr gut. Wie lange braucht der Zeh noch?«

»Eine Weile, genau kann man das nicht sagen. Aber jetzt entspanne dich. Ich werde nach einer Weile nach dir sehen.« Katharina wollte noch etwas zu ihm sagen, doch in jenem Augenblick war er schon zur Tür hinaus verschwunden. Sie lehnte sich zurück und dachte nicht einmal daran sich im Bad umzusehen. Was sollte schon darin verborgen sein, außer dem kleinen Waschbecken gegenüber und einem Heißwasserboiler über ihr hängend, entdeckte sie nichts sonderbares. Das Wasser war sehr warum und dennoch vermied sie es ein wenig kaltes hinzu fließen zu lassen. Sie wollte so lange es möglich war darin verweilen, einfach nur da liegen und ihre Sinne entspannen, was ihr auch gelang. Durch die Wärme und den dadurch entstandenen Dampf, wurde sie müde und schlief ein. Sie merkte nicht einmal, als Crying Hawk das Bad betrat und nach ihr sah. Irgendwann erwachte sie und blickte ihm direkt in die Augen er streichelte sie und hielt in seinen Händen ein großes flauschiges Badetuch.

»Ich muss wohl eingeschlafen sein.«

»Du bist eingeschlafen.«

»Willst du mich ein wenig waschen, ich kann mich nicht erinnern, dass ich es zuvor selbst getan hätte.«

»Wie du meinst. Soll ich wirklich alles waschen?«

»Warum nicht?«, erwiderte sie und richtete sich dazu ein wenig auf. Langsam begann er sie ein zu seifen und tatsächlich vergaß er kein einziges Körperareal. Eine besonders große Genauigkeit hielt er bei den Intimbereichen ein, für die er sich, wie für alles, Zeit ließ. Katharina schloss dabei oftmals ihre Augen und ließ es einfach über sich ergehen. Irgendwann duschte er sie gründlich ab. Danach trocknete sie sich so gut es ging selbst ab und ließ sich anschließend von ihm aus dem Badezimmer tragen. Er trug sie nicht sofort in ihr Bett, sondern zunächst in den Behandlungsraum. Dort entfernte er ihr mit derselben Ruhe den Gips um Arm und Bein und ersetzte ihn schließlich durch einen leichten Verband. Ein wenig komisch war das Gefühl ohne Gips schon, der Zeh war nicht gerade schmerzfrei, er verband die Wunde, die eigentlich nur eine kleine Naht war und aus wenigen kleinen Nahtstichen bestand, dafür schmerzte sie allerdings nicht schlecht. Anschließend trug er sie in das gewohnte Zimmer und legte sie unbekleidet in das Bett.

»Was wolltest du wirklich in Patrol Town?«

»Kontakt mit meinen Eltern aufnehmen.«

»Patrol Town ist ein sehr eigenartiges Städtchen. Die Leute dort wollen kaum etwas mit Auswärtigen zutun haben und mit Touristen schon gleich zweimal nichts.«

»Ich habe Jason in dem Warenladen arbeiten sehen. Ich dachte er ist Wildhüter.«

»Ja, das ist richtig, aber der Laden gehört irgendeinem Verwandten von ihm und dort hilft er manchmal aus. Sicherlich hätte er sich gefreut dich zu sehen. Besonders in dieser knappen Kleidung, die du getragen hast,« sagte er und konnte sein lachen nicht unterlassen.

»Wirklich sehr komisch, aber zum umziehen hat es mir bei dieser spontanen Entscheidung etwas an Zeit gefehlt.«

»Natürlich, aber wenn dich der Sheriff so gesehen hätte, wärst du sofort in den Knast gewandert.«

»Ich habe doch nichts verbrochen.«

»Das nicht, doch die Kleidung war mehr als aufreizend und somit öffentliches Ärgernis.«

»Wieso grinst du eigentlich ständig. Gib mir lieber etwas zum anziehen, mir ist kalt.«

»Ich denke du brauchst heute Nacht nicht viel zum anziehen. Wir haben etwas nachzuholen, meine ungeschickte Ausreißerin.«

Katharina wusste worauf er hinaus wollte und ließ es geschehen. In diesem Augenblick hoffte sie sogar, dass sie noch oft solche Momente mit ihm genießen konnte. Nachdem ihr dieser

Gedanke gekommen war, merkte sie, dass ihre Gefühle zu Crying Hawk doch stärker waren, als sie jemals ahnte. Sie wurde sich besonders in dieser Nacht darüber im Klaren, dass sie sich in ihn verliebte und möglicherweise tatsächlich nicht mehr weg wollte. Zugleich wusste sie aber auch, dass bald wieder Zweifel in ihr aufkamen, ob er dieselben Gefühle für sie empfand, wie sie für ihn. Die Nacht war harmonisch und der Regen unterstützte mit seinem laut prasselnden Geräusch die leidenschaftliche Stimmung. Katharina schlief in jener Nacht ruhig und erwachte erst am darauf folgenden Morgen. Crying Hawk war bereits aufgestanden und deckte gerade den Tisch, als sie sich zu ihm herumdrehte.

»Guten Morgen, hast du gut geschlafen?«, fragte sie und lächelte erstmals wieder nach langer Zeit.

»Ja, ich habe wundervoll geschlafen und wenn ich es mir recht überlege, so wäre es schade wenn diese Zeit bald vorbei wäre.«

»Wie meinst du das?«

»Na deine Eltern werden dich wohl abholen und du wirst wohl keine Stunde länger hier bleiben, oder?«

»Heißt das etwa, dass du mich vermissen würdest?«

»Ja, das wollte ich damit zum Ausdruck bringen.«

»Irgendwie dachte ich bereits gestern Abend daran. Ich weiß nicht wieso, aber es geschah einfach.«

»Das ist eigenartig, da du gestern Morgen noch ganz anderer Meinung gewesen bist.«

»Hmh?«, erwiderte sie Achsel zuckend, danach stand sie von ihrem Bett auf und lief langsam zum Tisch hinüber. Sie setzte sich auf den am nächst gelegenen Stuhl und wartete bis Crying Hawk wieder mit dem Frühstück herein kam.

»Oh Pfannkuchen, hast du die frisch gemacht?« Erstaunt sah sie auf den Teller, auf welchem ein großer Stapel angerichtet lag.

»Nein, die sind im Ofen fertig zu backen. Aber sie schmecken genauso gut und gehaltvoll wie frisch gebackene.«

»Kommt John heute auch wieder?«

»Ja, wir wollen jagen gehen.«

»Jagen?«

»Ja, aber keine Sorge wir werden nicht lange weg sein.«

»Wieso kann ich nicht mitgehen?«

»Du?«

»Ja, ich.«

»Beim Jagen muss man immer aufmerksam sein und vor allem schweigsam. Und laufen sollte man im Übrigen auch können.«

»Was willst du damit sagen, Crying Hawk?«

»Willst du die Gentleman like- oder die Kurzversion?«

»Wenn's möglich wäre die Kurzversion.«

»Quasselstrippen kann man da nicht gebrauchen und ein Hinkebein schon zweimal nicht.«

Katharina sah ihn daraufhin etwas aufgebracht an und begann ein wenig zu überlegen.

»Gut, wie lautete die Gentleman Version?«

Er grinste und schob sich vor seiner Antwort noch einen Bissen vom Pfannkuchen in den Mund.

»Mein süßer Schatz ich fürchte, dass man auf der Jagd ruhig sein muss und weil du dein Plappermäulchen nicht halten kannst ist es besser wir gehen allein. Außerdem kannst du nicht gut genug laufen und ohne dich sind wir schneller wieder hier und kommen zudem nicht mit leeren Händen zurück.«

»Beim nächsten Mal wähle ich diese Version, sie ist entschieden freundlicher. Wenn man einmal von dem vielen Honig ums Maul geschmiere absieht.«

Crying Hawk begann zu grinsen und kurz darauf zu lachen. Er betrachtete sie eine Weile, bevor er sich entschloss noch einen Kaffee einzugießen. Katharina merkte, dass sie sich an jenem Morgen viel besser fühlte. Möglicherweise war es auch der Grund, dass endlich das Fax weggeschickt wurde. Unter Umständen war es aber auch die Zweisamkeit, die ihr deutlich besser gefiel. Es konnte schon störend sein, wenn John und TJ ständig zu Besuch kamen. Anfangs mochte sie John mehr, weil er mit ihr sprach und ihr die Angst zu nehmen versuchte. Aber inzwischen hatte sein Blick etwas Besorgnis erregendes an sich und dieser teilweise starrende Blick konnte eher Zweifel wekken anstatt diese in Frage zu stellen.

Nach dem Frühstück kamen TJ und John sie wirkten weniger freundlich und schienen sich mit irgend einem Gedanken zu beschäftigen. John betrat ohne TJ den Raum und nahm sich ein Pfannkuchen vom Teller. Er rollte ihn in seinen Händen zusammen und biss langsam davon ab. Erst danach sah er zu ihr und da war wieder der Blick, starrend und auf irgendeine Weise geheimnisvoll.

»Geht es dir heute etwas besser?«, fragte er fast gleichgültig und lief unterdessen zu ihr ans Bett.

»Ja, ich denke schon. Und wie geht's dir?«

»Nicht schlecht, heute ist ein guter Tag zum Jagen.«

»Möglich, ich verstehe nicht viel davon,« Katharina entgegnete ihm auch nicht allzu freundlich, da sie in seiner Gegenwart plötzlich kein gutes Gefühl mehr hatte.

Er verließ danach wieder das Zimmer und lief hinaus, TJ kam erst gar nicht zu ihr, wie sie es eigentlich von ihm gewohnt war. Irgendwas war anders, doch noch am Abend zuvor konnte sie beiden nichts anmerken. Aber wie sollte sie auch, sie hatte mit sich selbst zutun und nach wie vor hatte sie beachtliche Probleme was ihre Menschenkenntnis betraf.

»Also, wir brechen auf, etwas zu essen findest du in der Küche.« Crying Hawk sah sie lächelnd an und strahlte dabei Wärme aus, genau diese, die sie besonders in den letzten Tagen an ihm vermisst hatte.

»Gut, aber das ist das Einzige woran es mir nicht fehlt.«

»Schön, das hört man gern! Dann, meine süße Lady sehen wir uns heute Abend wieder und dass du mir keine Dummheiten machst.«

»Nein, werde ich nicht.«

»Ist das ein Versprechen?«

»Ja, ich denke schon.«

»Gut, denn ich...,« er sprach nicht weiter sondern streichelte ihr stattdessen lieber durchs Haar und gab ihr anschließend einen Kuss.

»Was wolltest du sagen?« Katharina blickte ihn fragwürdig an und sah in seinen Augen Ungewissheit, die nicht auf eine bevorstehende Jagd hindeutete.

»Das war nicht so wichtig. Pass bitte auf dich auf! Ganz gleich, was auch passiert.«

»Was meinst du damit. Ist doch ein Mörder hier in der Umgebung?«

»Nein, nur wilde Bären und Wölfe. Die zählen auch zu Killern die ein menschliches Leben innerhalb von Minuten auslöschen können.« Durch seine ernste Betonung merkte Katharina deutlich, dass er ihr etwas verschwieg und nur diese Erklärung als Vorwand benutzte.

»Crying Hawk, ich weiß nicht was mit mir in Patrol Town geschehen ist. Aber ich fühle wie sich mein Herz mehr und mehr zu dir wendet.« Sie nahm seine Hand und legte diese direkt auf ihre Herzgegend.

»Ich fühle dasselbe und gerade deswegen möchte ich nicht, dass dir etwas zustößt.«

»Ich werde vorsichtig sein, aber sind es wirklich nur die Bären und Wölfe, vor welchen ich mich in Acht zu nehmen habe?«, fragend sah sie in an, in der Hoffnung eine andere Antwort zu bekommen. Statt dessen nahm er sie in seine Arme und küsste sie nochmals. Danach verließ er den Raum und wendete sein Blick nicht mehr zu ihr. Katharina wartete ab denn sie wollte vor allem mitbekommen in welche Richtung sie gingen.

Erst nachdem sie keinen Schritt mehr hörte und die Haustür deutlich zugeschlagen wurde, verließ sie ihr Bett. Sie lief zur Tür hinaus und sah ihnen durch einen geöffneten Spalt der Haustür nach. Sie erkannte nichts ungewöhnliches und trotzdem wartete sie, bis sie keinen von ihnen mehr sehen konnte. An schließend lief sie wieder zurück in das Zimmer und nahm erstmals wieder den Roman in ihre Hände. Doch große Lust zum Lesen verspürte sie nicht. Deshalb entschloss sie, sich im Haus nochmals umzusehen. Sie setzte ihren Gedanken sofort in die Tat um und lief zu dem Behandlungsraum, dessen Tür weit offen stand. Sie lief hinein und entdeckte auf der Liege einen sehr blutigen Verband und daneben ein Zweilauf Gewehr. John musste es mitgebracht haben. Vielleicht war TJ auch verletzt und kam deshalb nicht zu ihr. Denn das Blut war frisch und der Verband davon nur so durchtränkt. Die Wunde schien nicht klein zu sein und möglicherweise hatte John deshalb besorgt und nachdenklich ausgesehen. Aber TJ lief nicht wie ein verletzter und gab dazu keinen Anlass, als er Crying Hawk begrüßte. War John etwa verwundet worden? Katharina stand ratlos vor dem blutigen Verband, der sich erst gegen später als ein Hemd entpuppte, welches ihr sehr bekannt vorkam. Aber wo hatte sie ein solches schon einmal gesehen? Auf der Brusttasche war eine Stickerei, die ein Wappen kennzeichnete. Darauf war eine goldene Krone und ein goldenes Schwert eingestickt, der Hintergrund königsblau. Sie kannte dieses Zeichen, nur fiel ihr nicht mehr ein wo sie es gesehen hatte. Sie überlegte eine ganze Weile, währenddessen hielt sie das blutige Hemd in ihren Händen und blickte ständig auf dieses Wappen. Doch so bekannt es ihr auch vorkam, die Erinnerung an diese Stickerei, kam nicht in ihr Gedächtnis zurück.

Sie legte das Hemd weg und lief aus dem Raum hinaus. Obwohl die Sonne nicht richtig heiß schien und im Allgemeinen der Himmel eher nach Regen aussah, war ihr heiß und Schweiß rollte von der Stirn. Aus diesem Grund ging sie zum Bad um sich ein wenig mit kühlem Wasser zu waschen. Dort erblickte sie Crying Hawks Baumfällerhemd, das über der Duschkabine hing. Sie nahm es herunter und durchsuchte wie von Geisterhand bewegt die Brusttaschen. Sekunden später hielt sie zwei Faxbestätigungen in der Hand, dennoch waren es zwei unterschiedliche Absendedaten. Er hatte auch zwei Faxe zu ihren

Eltern abgesendet und ihr nichts davon berichtet. Warum hatte er es verschwiegen und welchen Zweck sollte das bringen? Sie sah sich die dazugehörigen Faxbriefe genauer an und stellte fest, dass diese weder von ihr geschrieben noch verfasst worden waren. Er musste also selbst mit ihnen Kontakt aufgenommen haben. In der anderen Tasche befand sich ein Rückfax. Die Handschrift stammte eindeutig von ihrer Mutter, das "S" war besonders oben mit einer eigenartigen Schleife versehen, das war keine Täuschung oder ein Traum. Sie hielt diesen Brief auf einmal mit zittrigen Händen, ihre Mutter schrieb darin, dass sie sich keine Sorgen machte da sie bereits wenige Stunden nach Katharinas Ankunft ein Telefonanruf von ihr erhalten habe. Aber das konnte nicht sein. Sie war zu überhaupt keinem Telefon am Flughafen gekommen, da alle belegt waren. Allmählich bekam Katharina wieder Zweifel, sie konnte das nicht einfach vergessen haben. Crying Hawk sagte etwas von einer Gehirnerschütterung, die sie sich erst beim ersten Fluchtversuch zuzog. Zudem wollte ihr Vater am 11. Juli bereits in Amerika sein und das war vor über vier Wochen. Was oder wer hatte ihn daran gehindert? Er war hier nicht angekommen und genau das wusste Jemand und hatte es verhindert. Man musste nur noch herausfinden wer gegen das Wiedersehen war. An der zweiten Faxbestätigung und Rückantwort erkannte sie Mutters Besorgnis und auch, dass sie ihre Tochter sehr vermisste. Aber sie teilte nicht mit, dass auch sie mitkommen würde. Sie erwähnte eindeutig Katharinas Vater.

Katharina steckte die Briefe zurück in die Brusttaschen und verließ das Bad. Weinend lief sie zu ihrem Bett und legte sich darauf nieder. Während sie das Schlimmste zu ahnen begann, verspürte sie einen plötzlichen Durst und ging daraufhin in die Küche. Ihr Bein fühlte sich eigenartig an und auch die Stelle des amputierten Zehs brannte wie Feuer. Als sie in die Küche lief, bemerkte sie erstmals das Gewehr, welches noch immer über der Haustür hing. Sie wusste jedoch, dass Crying Hawk zwei Gewehre besaß und das Andere sich im Behandlungsraum be fand. Um sich darin Gewissheit zu verschaffen, vergaß sie an den Durst und lief etwas schneller zu dem Behandlungsraum. Sie öffnete den Schrank und erblickte Crying Hawks zweites Gewehr. Sie erkannte es daran, dass beide Gewehre mit zwei Silberbuchstaben versehen waren - ein C und ein H. Eindeutig gehörten diese beiden Gewehre Crying Hawk, auch ein Revolver den sie bereits kannte war in diesem Schrank, neben einigen Schachteln dazugehörigen Patronen aufbewahrt. Erst jetzt kamen ihr nochmals die Gedanken in ihr Gedächtnis zurück, wie sie zu Dritt in den Wald liefen - dennoch ohne Jagdausrüstung. Wie sollten sie dann also jagen, wenn sie weder ein Gewehr, noch eine Falle oder etwas anderes zum Jagen mitnahmen?

Katharina überfiel auf einmal wieder Angst und Unklarheit. Sie stellte sich etliche Fragen und erhielt wie immer keine Antwort. Crying Hawk wusste mit ihren Gefühlen zu spielen. Es war seine Absicht, er plante es von Anfang an. Wenn ihre Überlegung stimmte, dann waren John und TJ in großer Gefahr. Aber sie sprachen doch auch vom Jagen und auch sie hatten keine dementsprechende Ausrüstung dabei.

Katharina legte sich in das Bett zurück und durch diese Überlegungen war auch ihr Durst wieder verschwunden.

12

Die Stunden vergingen und außerhalb des Hauses herrschte die selbe Stille wie darin. Nicht einmal ein Knarren oder die Moskitotür vor der Haustür schlug gegen den Türrahmen, wegen dem aufgekommenen Wind. Diese Ruhe war wohl ein Vorbote für den Sturm. Sie witterte diesen förmlich und je mehr sie sich darin hineinsteigerte, war sie überzeugt die Wolken würden sich immer mehr zusammenziehen. Aber die Wolken waren den ganzen Tag über schon grau und dicht. Sogar in jenem Moment als sie fasst ihren Verstand zu verlieren begann, schien ein Sonnenstrahl durch das Fenster direkt auf ihr Gesicht. Erst jetzt spürte sie die Tränen, welche an ihrer Wange herunter liefen und nach und nach an ihrem Hals entlang rollten. Sie blickte in den Strahl und darin wirkte alles hell und rein, so wie der Himmel oder das Paradies sein musste.

Irgendwann hörte sie, wie wieder mehrere Schritte in das Haus kamen und leise die Tür zu ihrem Zimmer öffneten. Sie schien eingeschlafen zu sein und als sie Crying Hawk erkannte verhielt sie sich wieder zurückhaltend und misstrauisch. Er lief zu ihr, gleich hinter ihm traten John und TJ ein, sie schenkte beiden keine Beachtung und sah nur Crying Hawk in die Augen. Außer einem liebevollen Blick erkannte sie keine bedrückende Stimmung. Trotz allem war sie auch nicht mehr ganz davon überzeugt, ob sie das was sie gesehen hatte, nur ein Traum oder die Wirklichkeit war. Erst nachdem Crying Hawk etwas zur Seite ging sah sie zwei beachtliche Rehböcke auf dem Boden vor sich liegen und deshalb war sie zunächst davon überzeugt, dass sie alles nur träumte.

»Na, zurück von der Jagd? Und wie, ich sehe sogar erfolgreich.«

»Ja meine Süße. John wird sie mitnehmen und ausnehmen. Sie sind doch prachtvoll, findest du nicht auch?«

»Musste es wirklich sein, solche wunderschönen Tiere zu töten?«

»Sie sind in die Falle gelaufen und darin verendet.«

»Du hast die Fallen gelegt?«

»Nein, ich,« erwiderte John darauf und wirkte nach wie vor etwas eigenartig. Katharina sah ihn an und blickte auf seinen Oberkörper, der mit einem Verband umschlungen war. Hatte er sich beim Jagen verletzt oder war ihr Traum Wirklichkeit gewesen?

»Ach so, dann bist du für den Tod dieser prachtvollen Tiere verantwortlich?«

»Nun, ich denke die beiden wussten, dass es ein guter Tag zum Sterben war.«

»Es gibt keinen guten Tag zu sterben. Der Tod ist in keiner Stunde wundervoll.«

»Unsere Kultur sieht das eben etwas anders, mein kleines schüchternes Reh.«

»Ja, wenn du das sagst, wird es wohl auch so sein,« erwiderte sie mit starrendem Blick auf die beiden toten Rehböcke gerichtet. Crying Hawk sah sie an und strich ihr eine Haarsträhne aus dem Gesicht. Sie mochte inzwischen seine häufigen Berührungen und fühlte dabei Geborgenheit und Wärme, die aus seinem Herzen kommen musste. Aber was auch immer es war, es flüsterte stets zu ihr, dass sie in diesem Haus jemandem misstrauen sollte. Es gab in vielen Dingen einen Anhaltspunkt, wenn man ihn finden wollte. Was gleichwohl noch nicht bewies, ob Antipathie ebenso eine große Rolle spielte. Trotzdem hegte sie gegen keinen der Männer eine deutliche Abneigung. Im Gegenteil, alle waren bisher immer zuvorkommend gewesen, wie man es von Gentlemen auch erwartete. Katharina wusste nicht was sie noch glauben sollte und konnte. Möglicherweise lag es daran, dass sie all die Wochen nur in dieser einsamen Hütte im Wald zubrachte und förmlich die Zeit totschlagen konnte. Ihr fehlte eine Aufgabe, wobei sie es vermied, das Auskundschaften der Räume dazuzuzählen. Nur essen, schlafen, ausruhen und wieder essen und schlafen war keine Abwechslung.

John schleifte beide Rehböcke aus dem Haus und hinterließ eine blutige Spur. Die Tiere waren also noch nicht lange tot gewesen, sondern hatten aller Wahrscheinlichkeit nach, noch gelebt. Crying Hawk blieb weiterhin bei Katharina am Bett sitzen und TJ setzte sich lieber an den Tisch.

»Hast du weiter in dem Buch gelesen, du weißt doch, die Komödie?«

»Nein, ich war vom Nichtstun erschöpft und bevorzugte lieber ein wenig Schlaf.«

»Das ist auch gut.«

Katharina sah nochmals auf den Boden und verfolgte bis zur Tür die Blutspur.

»Die waren wohl noch nicht lange tot, oder?«

»Nein, wir mussten sie töten.«

»Wie denn?«

»Mit dem Gewehr oder dachtest du wir benützen noch Pfeil und Bogen?«, entgegnete TJ grinsend, noch bevor Crying Hawk etwas sagen konnte.

»Gewehr?«

»Süße, hast du zuvor wieder ein bisschen in den Zimmern herumgestöbert?«

»Wie kommst du darauf?«

»Ich weiß es eben.«

»Denk was du willst, ich weiß jedenfalls mehr als du ahnst.«

»Ich freue mich, wenn du über viel Wissen verfügst. Aber zu viel Wissen kann auch schaden. Deshalb denke nicht zu viel über Dinge nach, die es nicht Wert sind.«

»Wie kann man denn ohne Gewehr jagen gehen?«

»Wir waren nicht ohne Gewehr jagen.«

»Ach, wie konnte ich das vergessen. Das Wild hat euch kommen sehen und sah sich in einer ausweglosen Situation und deshalb hat es sich selbst erschossen. War es so, ja?«

Crying Hawk stand grinsend auf und TJ konnte auch nicht das Lachen unterdrücken.

»Ich werde mich jetzt um das Abendessen kümmern, TJ wird dir erklären wie wir gejagt haben.«

»Na da bin ich aber gespannt! Beginne, ich bin ganz Ohr.«

Katharina war es ganz und gar nicht zum Lachen zumute. Sie sah fragend zu TJ und unterließ es Crying Hawk noch einen einzigen Blick zuzuwenden. Nachdem er aus dem Raum verschwunden war, blickte TJ zunächst Katharina etwas schmunzelnd an, dennoch unterließ er es weiterhin zu grinsen.

»Du vertraust uns noch immer nicht. Was hat das für einen Grund?«

»Das ist jetzt Nebensache. Sage mir nur wie ihr jagen konntet ohne Jagdausrüstung und keinem Suizid gefährdetem Rotwild.« Spöttisch und ungläubig sah sie zu ihm und setzte sich wuchtartig im Bett auf.

»Wir dürfen hier eigentlich nicht jagen. Das ist in diesem Waldabschnitt verboten.«

»Ach, und deshalb seid ihr ja auch ohne Gewehr jagen gegangen und die Rehe hatten keine Wahl und haben sich deshalb selbst erschossen, wie ich bereits erwähnte.«

»Kathy, hör auf zu spinnen! Deine Hirngespinste machen es einem gewiss nicht leicht etwas zu erklären. Alles was man sagt wird falsch ausgelegt oder völlig missverstanden!«

»Na wie war es denn dann! Verflucht noch mal!«

»Jason hatte ein Gewehr dabei. Mit ihm haben wir uns im Wald getroffen. Er ist Wildhüter und hat in jedem Fall eine Waffe dabei. Dad legte die Fallen am Abend zuvor mit Jason und mir. Als wir bei diesen heute Morgen ankamen waren die Böcke bereits darin gefangen, aber natürlich noch nicht tot. Jason erschoss sie mit seiner Waffe und wir konnten die Beute mit nach Hause nehmen.«

»Als Wildhüter darf er also jagen? Das ist dann aber eine eigenartige Bezeichnung für seinen Job. Ich dachte er soll Wilderer davon abhalten?«

»Das ist sein Job und wenn wir erwischt worden wären, hätte er so getan, als ob er uns bereits geschnappt hätte, kapierst du jetzt?«

»Ach so, na dann ist ja alles in bester Ordnung,« gab sie nur noch zur Antwort und legte sich wieder hin. Noch immer war ihr Gesichtsausdruck gleich - starrend und nicht von TJ's Erklärung überzeugt. Katharina konnte TJ's Erzählung keinen Glauben schenken. Zugleich begriff sie, nachdem sie einen Blutstropfen auf ihrem Verband sah, dass ihr Traum keiner war, sondern tatsächlich existierte und von ihren Augen wahr genommen wurde. Sie deckte das Bein schnell zu, so dass TJ nichts davon bemerkte. Aber John war verbunden und anscheinend verletzt.

»TJ, wieso trägt John einen Verband?«

»Er hat sich gestern Abend, beim Fallen legen verletzt. Onkel Hawk hat ihn aber gleich verbunden.«

»Wann gestern Abend?«

»Bevor wir gegangen sind.«

»Aber da kamen wir von...« Katharina begann zu überlegen und vermutlich konnte es stimmen, da sie mit TJ erst abends zurückkam.

»Ja, Dad war bereits hier und mit dem Fallen aufstellen fertig.«

»Was hatte er gestern für ein Kleidungsstück an?«

»Wie bitte? Woher soll ich das wissen. Er liebt Hemden, das glaube ich wenigstens.«

»Hemden?«

»Ja Hemden! Mein Gott Kathy, was ist nur mit dir?«

»Nichts, gar nichts TJ. Es ist alles in Ordnung. Zumindest im Moment noch.«

»Davon bin ich inzwischen nicht mehr überzeugt.«

»Ach was? Du bist davon nicht überzeugt.«

TJ verließ daraufhin das Zimmer und so wie er es verlassen hatte, konnte man davon ausgehen, dass er sichtlich verärgert über Katharinas Verhalten war.

Katharina störte das jedoch keineswegs. Sie begriff nicht, dass ein Hemd nach Stunden noch so bluttriefend sein konnte. Es hätte längst ein wenig getrocknet sein müssen. Aber es war noch frisch, viel zu frisch als dass es einige Stunden bereits dort liegen konnte. Es war nicht nur am Tag sehr schwül, sondern auch in der Nacht kühlte es nur gering ab. Also schien es bei dieser Hitze fasst unmöglich, dass das Hemd nicht angefangen hätte zu trocknen. Außerdem handelte es sich nicht um ein paar Blutspritzer, sondern es war ganz und gar darin getränkt. John war zudem in einer guten Verfassung, bis auf seine Laune, die nicht mehr von allzu großer Freundlichkeit umgeben war. Während Katharina weiter grübelte, kam Crying Hawk in den Raum und deckte wie gewöhnlich den Tisch. Er sah manchmal zu ihr hinüber und unterließ dabei sein Grinsen nicht. Im Allgemeinen verhielt er sich anders als sonst. Er wirkte so ausgeglichen und entspannt, was man von ihr nicht behaupten konnte.

»Süße, wir werden die nächsten Tage wieder allein sein. Das ist doch eine gute Nachricht, findest du nicht auch?«

»Ja, möglicherweise.«

»Ich werde dir einen wundervollen Ort zeigen, dann kommst du ein wenig hier raus. Das wird dich freudig stimmen.«

»Lass mich raten, wir gehen in den tiefen dunklen Wald und treffen auf Jason, den geistig gestörten Wildhüter. Let's have a great Killer-Party!«, sagte sie zynisch und wäre am liebsten nur noch schreiend aus dem Haus gelaufen. Vielleicht war es auch Glück dass sie noch immer verletzt war, sonst wären ihr vermutlich oft solche irrelevanten Ideen in den Kopf gekommen.

»Jason ist ein guter Junge, er hat diese Bezeichnung nicht verdient, merke dir das für die Zukunft!«

»Oh, ich muss feststellen du nimmst ihn in Schutz! Na wenn das nicht ein Zusammenhalt und gegen mich ein Komplott ist!«

»Katharina, ich fürchte, dass du dich selbst zugrunde richten willst. Aber das werde ich in jedem Fall zu verhindern wissen.«

»So, meinst du?«

»Ja das tue ich und du wirst gegen mich nie etwas ausrichten können, weil mein Verstand wach und weit voraus ist.«

Katharina erwiderte nichts mehr sondern drehte sich zu der Seite des Fensters, so dass sie ihm nicht mehr in die Augen sehen konnte. Irgendwie war ihr auch weinerlich zumute, doch sie wusste nicht warum und ob es sich dabei nur um ihren verletzten Stolz handelte. Alles was sie zu verbergen versuchte, hatte er schneller erkannt als ihr es überhaupt möglich war diese Gedanken umzusetzen. Sollte sie einfach alles vergessen - ihre Heimat, ihre Eltern und am besten das zuletzt Geschehene? Daran wollte sie nicht glauben und grundsätzlich keine Zeit verschwenden. Eine Möglichkeit gab es vielleicht noch, indem sie in das Spiel einstieg und dadurch die Wahrheit ans Licht rücken konnte. Irgendwann würde der Zeitpunkt schon näher kommen, bis sie einen der drei als Mörder identifizieren konnte. Aber Crying Hawk gelang es immer ihre Gedanken zu entschlüsseln und kam somit hinter jedes ihrer Vorhaben, die er erstaunlicherweise nie zu verhindern versuchte. Er ließ sie alles ausprobieren, selbst die Flucht, was ihm keinen Nutzen brachte. Er vermittelte ihr dadurch eine Lehre - eine Weisheit die Gefahren auf bestimmte Weise lehrte. Aber gelernt hatte sie nur eines, dass sie nie wieder in ein fernes Land reisen und nie wieder eine Kassette während der Fahrt wechseln würde. Ihr Traum wurde zum Alptraum, ihr Vater vielleicht zum Gejagten und Opfer zugleich. Sie brauchte jetzt eine endgültige Bestätigung dafür. Sie hatte nur eine Ahnung, die jedoch gleichfalls einer Fiktion entsprach. Während sie an die Wand unter dem Fenstersims starrte und mit ihrer laufenden Nase, sowie den Tränen zu kämpfen hatte, merkte sie nicht wie sich John zu ihr an das Bett setzte. Erst als sie sich umdrehte, stand ihr zunächst der Schreck im Gesicht. John hatte dieselbe Begabung wie Crying Hawk, plötzlich im Zimmer direkt neben ihr zu sitzen oder zu stehen, ohne dass sie es bemerkte. Dieses schleichen war ein weiteres Unbehagen, was ihr Furcht einflößte. TJ hörte sie immer und meistens stieß er dabei an das Tischbein, welches im Gegensatz zu den anderen immer etwas weiter heraus stand. Er schlurchte mit seinen Boots, was keine Absicht war, denn das hatte er auch auf der Straße, vor dem Haus in Patrol Town getan.

»Nicht erschrecken, kleines Reh. Ich wollte dich nicht stören, wenn du in dich kehrst.«

»Was meinst du damit?«

»Es tut gut, frieden mit sich selbst zu schließen. Es beruhigt und bringt neue Kraft.«

»Ich empfinde Mattheit, Angst und irgendwie fühle ich mich kränker. Eigentlich müsste ich doch längst gesünder sein - zumindest von meinem seelischen Zustand. Aber ich liege immer noch hier, wie eine Kranke.«

»Natürlich, aber nur weil du es nicht anders willst. Du bist gesund und dein Bein ist fasst geheilt, bis auf die Wunde die auch sehr gut mit der Heilung voran geschritten ist. Es gibt keinen Grund, im Bett Trübsal zu blasen.«

»Ich blase kein Trübsal, aber ich werde hier fest gehalten -

gegen meinen Willen!«

»Nein, das wirst du nicht, denn sonst hätte man dich gefesselt und dich in einen Raum gesperrt ohne Licht und ohne Fenster. Aber du bist unerfahren, und hast immer die falsche Richtung gewählt.«

»Ich habe sehr oft gefragt, ob ich in ein Krankenhaus kann. Aber ihr habt mich daran gehindert!«

»Das meinte ich nicht. Aber wenn du darüber nachdenkst wird dir die richtige Lösung einfallen. Es gibt etwas, finde es, mein kleines scheues Reh. Achte aber auch auf die Gefahren die dabei auf dich lauern können.«

»Was? Ich versteh kein Wort und ehrlich gesagt will ich es auch nicht verstehen.«

»Das weiß ich und dennoch hast du bereits damit begonnen, mein Reh,« sagte John und berührte sie währenddessen an ihrer Schulter. Crying Hawk kam mit geröstetem Brot und Butter herein. Er stellte es auf den Tisch und setzte sich. TJ kam nicht nur John gesellte sich dazu und Katharina zog es vor im Bett zu bleiben. Crying Hawk sah oftmals zu ihr, durch ihren Gesichtsausdruck erkannte er ihren Zorn und endlosen Argwohn. Er schmierte ihr etwas Brot mit Butter und brachte es ans Bett.

»Da du lieber im Bett essen möchtest, denke ich sind diese paar Bissen gerade richtig. Du kannst noch mehr haben und wenn du alles isst, bekommst du auch einen Nachtisch.«

»Behandle mich nicht wie ein dummes Kleinkind!«, zischte sie ihm entgegen und kniff dabei bedrohlich ihre Augen zusammen.

»Dann wäre es besser, wenn du dich nicht als solches aufführst.«

Katharina riss ihm beleidigt den Teller aus den Händen, worauf er erneut grinsen musste. Er ging wieder zum Tisch und setzte sich, bis jeder zu ende gegessen hatte. Nach dem Essen ging alles seinen gewohnten Gang, John verließ allein das Haus und fuhr mit seinem Wagen weg. Später sah sie wie Crying Hawk mit TJ vor dem Haus stand, nicht weit von ihrem Fenster ent fernt. Sie sprachen wie gute Kumpels miteinander, TJ aß dabei auch eine Kleinigkeit, vermutlich den Rest von dem gerösteten Brot. Beide unterhielten sich eine ganze Weile, bevor auch er in seinen Wagen stieg und davon fuhr vermutlich in Richtung Patrol Town.

Katharina ging einstweilen der Begriff Kleinkind nicht aus dem Sinn und sie war ganz und gar nicht der Meinung, dass sie sich wie solch eines verhielt. Crying Hawk kam bald darauf in das Zimmer und setzte sich zu ihr auf das Bett. Sie wendete sich trotzig zum Fenster und versuchte ihn zu meiden. Was er wie immer zu unterbinden wusste. Er beugte sich mit dem Kopf über sie und begann sie hartnäckig zu küssen, worauf er bald mit auf dem Bett lag.

»Ich liebe deinen Starrschädel, denn er zwingt mich immer wieder gegen etwas neues zu kämpfen. Das ist eine gute Herausforderung und ein Kampf den ich sehr selten verlieren kann.« Während er diese Worte sanft in ihr Ohr hauchte, zog er sie langsam aus, was Katharina zunächst nicht ganz tolerieren wollte.

»Das ist kein fairer Kampf.«

»So, ist es nicht? Das finde ich aber schon. Denn du bist eine Frau und ich ein armseliges Mannsbild, das deinem Charme und deinen Reizen verfallen ist.«

»Reize und Charme? Crying Hawk mir ist heute nicht nach Zuneigung. Du hast mir verschwiegen, dass du mit meinem Vater Kontakt.....«

»Ssssssccccchhtttttt!« unterbrach er sie und hielt ihren Mund sofort zu, so dass sie nicht weiter sprechen konnte. Sie riss seine Hand aus ihrem Gesicht und sah ihn fragend an.

»Was ist denn?«, ungeduldig war ihr Tonfall und sie wusste nicht was diese Handlung bezwecken sollte.

»Manchmal gibt es Dinge die man nicht laut aussprechen sollte.«

»Du bist irre, ja verrückt! Wer sollte uns denn hier in diesem Zimmer hören?«

Noch immer wich er nicht von ihrer Seite und dachte keineswegs daran von ihrem Körper zu steigen, anstatt einer Antwort sah er sie leidenschaftlich an.

»Gib mir endlich eine Antwort Crying Hawk! Das meine ich ernst, oder ich schmeiß dich von mir herunter!«, warnte sie mit aufgebrachtem Tonfall.

Er betrachtete sie noch wenige Sekunden mit ernster Miene und begann anschließend herzhaft zu lachen.

»Oh Kathy die einzige Antwort, die ich dir geben kann ist die, dass ich dich liebe. Aber der Gedanke, dass du mich vom Bett werfen willst ist wahrhaftig spaßig.«

»Du nimmst mich nicht ernst! Ich weiß alles und ich will jetzt eine Antwort.«

Er blickte sie an, streichelte sie und begann sie zu küssen. Doch eine Antwort erhielt sie auf ihre Frage nicht. Nachdem sie nicht an ihr Ziel gelangt war, konnte sie trotz ihrer mächtigen Wut und unbefriedigten Stimmung nicht gegen Crying Hawks Charme ankommen. Er hatte deutlich mehr Macht über sie, als sie zunächst ahnte. Ganz gleich wie eigenartig er auch oftmals war, er verstand es gleichermaßen eine Frau glücklich zu machen. Er wusste immer das "Wie" und auch das "Wann."

Wenige Stunden später lagen beide noch immer wach nebeneinander. Crying Hawk sah sie ununterbrochen an, als ob er ihre Gedanken zu lesen versuchte. Katharina unterließ es mit ihren Augen zu zwinkern, desto mehr bewegten sich aber seine Pupillen. Er hatte wie sie braune Augen, die Feuer und Wärme signalisierten. Er war tatsächlich anders, als ihr Freund zu Hause. Sie erkannte erst jetzt die Unterschiede zwischen beiden Männern. Während ihr Freund ständig hektisch wirkte, so war Crying Hawk immer ausgeglichen und ruhig. Selbst in Situationen, als sie flüchtete, blieb Unruhe unerkennbar. Eigentlich beneidete sie ihn um diese Selbstbeherrschung und nur ein wenig davon, würde sie möglicherweise in jener Situation retten.

»Was hat John vorhin damit gemeint als er sagte, dass ich die richtige Lösung finden würde?«

»Er weiß, dass du aus Angst flüchtest, aber weil du zurück gekommen bist, war das bereits eine wichtige Entscheidung.«

»Diese Entscheidung traf nicht ich, sondern TJ.«

»Das ist im Moment nicht wichtig, wer oder was dich dazu brachte. Aber du bist zurückgekommen.«

»Und wenn ich es nicht getan hätte?«

»Wir wären uns bald wieder irgendwo begegnet,« sagte er überzeugend, ohne seinen Blick von ihr abzuwenden. Katharina sah plötzlich weg, sie wusste nicht warum er sie ständig betrachtete, denn allmählich wurde ihr diese beobachtende Gestik zu viel.

»Süße sieh mich an, es gefällt mir in deine Augen zu sehen. Darin spiegelt sich eine ganz besondere Geschichte wieder.«

»Ach, du meinst mein Leben, ist es so?«

»Auch, aber ich sehe noch mehr, was mich freudig stimmt.«

»Was?«

»Wärme, endlose Leidenschaft, starker Wille und einen Weg der unermüdlich in die richtige Richtung weist. Auf diesem befinden sich deine positiven Empfindungen, geleitet von weitem Feuer das deine Seele nie Kälte verspüren lässt.«

»Das hast du wundervoll gesagt. Das klang fasst poetisch.«

»Was wäre denn eine Welt ohne Poesie, ohne Mythen und einen festen Glaube?«

»Keine Ahnung, sag du es mir?«

»Sie wäre ein blühender, wundervoller Planet, aber ohne ein Hauch von bereits gelebten Ahnen die ihre Gedanken und Legenden auf ständig wehendem Wind hinterließen. Denn durch diese vermachten sie ihr Erbe an folgende Generationen, die sie teilweise in Phantasiewelten geleiteten und ihnen genau jene Weisheit vermittelten, die ihnen ein Überleben ermöglichte.«

»Oh Crying Hawk im Moment fühle ich wieder Geborgenheit und Liebe, was ich glaubte bereits wieder verloren zu haben,« sagte sie während sie eine lange Haarsträhne von ihm durch ihre Finger gleiten ließ. Er legte sich neben sie und Katharina legte sofort ihren Kopf auf seinen bloßen Oberkörper.

Noch eine Weile hörte sie sein Herzschlag, bis sie mit diesem Takt eingeschlafen war.

13

Irgendwann erwachte sie wieder und wusste nicht wie spät es war, draußen die dunkle Nacht. Es herrschte eine trübe Stimmung, schwarzgrauer Himmel und überall Blitze, wo man auch seinen Blick hinzuwenden vermochte. Dazwischen Wind, der über die Wälder fegte. Katharina setzte sich im Bett auf und sah nach draußen, zudem zwickte sie sich in den Arm um festzustellen, ob sie nicht nur Opfer eines wiederkehrenden Traumes war. Sie träumte nicht, alles war real. Bedenklich sah sie sich um und merkte erst jetzt, dass Crying Hawk nicht mehr neben ihr lag. Die Blitze waren nicht mehr so heftig, dennoch erhellten sie noch immer für Sekunden den Raum. Schauderhaft und unwirtlich, alles für Bruchteile in totenbleiches Licht gehüllt. Der laute Donner wurde ständig dumpfer und das Gewitter zog in eine andere Gegend. Noch nie hatte sie bei Nacht solange zum Fenster hinaus gesehen. Aber wo war Crying Hawk? Sie musste tief geschlafen haben, dass sie nicht merkte wie er das Bett verließ. Sie sah noch eine Zeit lang hinaus, bis sie ein plötzlich entfachtes Feuer erblickte, dessen Flammen gewaltig in die Höhe züngelten. Noch vor wenigen Augenblicken war alles dunkel und nur die Hände konnte man in einer Silhouette erkennen. Jetzt wie von dunklen Mächten ein Feuer entfacht. Es war nicht weit vom Haus entfernt und in der Nähe von der Schwitzhütte. Auf einmal vernahm sie Trommeln, immer den selben Takt, 'boom-boom, boom-boom, boom, boom, boom-boom, boom-boom, boom, boom....' deren ertönen beunruhigend und drohend war. Hinzu kam ein Gesang der nur aus Männerstimmen bestand. Aber es waren keine Worte, sondern Laute, die ständig zu dem Trommeltakt gesungen wurden, ' he-ya he, he-ya, he-ya he, he-ya oa, he-ya oa, he-ya....' Plötzliches Geschrei, wie eines siegreich gewonnen Kampfes. Katharina konnte manche Silben nicht verstehen, dennoch sah sie weiter jener Handlung zu, die sich außerhalb des Hauses abspielte. Häufiger begann sie sich zu kneifen um noch immer sicher zu gehen nicht in einem Traum gefangen zu sein. Trotzdem verspürte sie dabei keinen Schmerz, eigentlich fühlte sie gar nichts aber sie war wach, so wach wie sie es auch am Tag war.

Wenig später tanzten Männer um das Feuer, deren Oberkörper eine eigenartige Bemalung hatten und ihre Gesichter mit Masken verdeckt waren. Alle hatten ihre langen Haare zu Zöpfen gebunden und dabei entdeckte sie auch John und weiter entfernt Crying Hawk, die um das Feuer saßen. Hinter ihnen Männer die trommelten und dazu sangen. Es war eine Zeremonie und daran bestand kein Zweifel. Katharina rollte der Schweiß von der Stirn und allmählich begann ihr ganzer Körper darin zu baden. Es war nicht schwül, doch sie verspürte eine Hitze, die nicht vom Feuer kommen konnte. Bei ihrer Beobachtung hatte sie jedoch keine gute Vorahnung und wollte gerade aus dem Haus gehen, als sie eine junge Männerstimme schreien hörte. Der Schrei war qualvoll und voller Angst. Die Stimme kam ihr bekannt vor und erst nachdem sie den jungen Mann, gefesselt und von zwei anderen maskierten Männern gehalten sah, erkannte sie TJ. Sie begann ihre Augen zu reiben und versuchte mehrmals zu zwinkern, wieder kniff sie sich in den Arm und wieder spürte sie vor lauter Aufregung keinen Schmerz. TJ versuchte sich zu wehren und schrie, aber drei Männer liefen zu ihm und warfen ihn mit beachtlicher Wucht zu Boden. Es war als ob sie ihn für ein Ritual benutzten oder er ein Opfer von vielen war, die durch eine Losung gezogen wurden und dazu bestimmt waren in eine andere Welt zu gehen oder eine Gottheit gnädig zu stimmen. Katharina begann zu schlucken sie verspürte beachtlichen Drang aus dem Haus zu rennen, aber eine warnende Stimme hielt sie davon ab. Möglicherweise war es ihr Schutzengel, der sie daran hindern wollte. Sie konnte nicht weiter zusehen, doch alles an ihr war wie gelähmt, ihr blieb nichts anderes übrig, als das grausame Ritual zu beobachten und ein stiller Zeuge zu sein. Crying Hawk war anscheinend nicht dieser Gentleman, den er ausgab zu sein. Er war etwas, das zwischen zwei Fronten stand und ständig von einer Seite zur anderen pendelte. Er stand mittendrin, wenn er bei Katharina war und sich für eine Seite entscheiden sollte. Er hatte ein Ziel, das er auch gnadenlos anstrebte.

Sie musste mit ansehen wie sie TJ aufrichteten, so dass er wieder stand und von zwei Männern gehalten wurde. Dann gingen drei maskierte Männer auf ihn zu und stachen mit einem spitzen, langen Gegenstand auf seinen wehrlosen Körper ein, der nur die Geschlechtsteile, mit einem roten Tuch, verdeckte. Nach etlichen schmerzvollen Schreien, sank er zu Boden und wildes Geschrei brach um TJ aus. John stand danach auf und beugte sich mit einem weiteren Gegenstand über seinen Kopf und skalpierte ihn. Anschließend hob er TJ's langes Haar, bluttriefend in die Höhe und begann ebenfalls eine Art Gesang anzustimmen. Danach herrschte nur noch eine ganze Weile das dumpfe schlagen der Trommeln, welches immer leiser wurde, bis es schließlich in der Dunkelheit mit dem erlischen des Feuers verstummte.

Katharina hatte nicht einmal mehr das Aufleuchten des Blitzes bemerkt, so vertieft war sie in die Zeremonie gewesen. Zitternd, bebend vor Angst legte sie sich in ihr Bett zurück und begann laut zu weinen. Warum musste TJ so qualvoll sterben? Katharina legte sich hin und wieder drang das Licht des Blitzes durch das Fenster. Dabei erblickte sie Crying Hawk, der inmitten der Türschwelle stand und zu ihr direkt auf das Bett sah. Seine Haltung aufrecht, der Blick starrend und nichts sagend. Katharina zögerte keine Sekunde mehr und begann lauthals zu brüllen. Ihre Schreie waren wie vom Wahnsinn ergriffen. Ohne es zu bemerken hatte sie sich in die freie Ecke am Bettende gezwängt. Dort saß sie in der Hocke, den Kopf verdeckt mit ihren Armen, sie wippte hin und her und wimmerte leise vor sich hin. Sie ertrug das alles nicht mehr und jetzt war TJ auch nicht mehr da, welchem sie eigentlich von allen am meisten vertraute. Aber das hatten John und Crying Hawk gewusst oder geahnt und beseitigten ihn. Katharina wirkte apathisch und unruhig, sie blickte langsam auf und als sie Crying Hawk vor sich stehen sah begann sie erneut laut zu schreien und drängte sich noch mehr hinter das Bett was kaum noch möglich war.

»Süße, was ist denn nur los! Wie kannst du mich so aus dem Schlaf reißen! Was machst du hinter dem Bett?«

»Ich... ich will raus hier! Raus! Nur noch raus!«, erwiderte sie kreischend und lief mit schnellem, geradezu fluchtartigem Gang aus dem Zimmer und zur Haustür hinaus.

»K-a-t-h-y! K-a-t-h-y! Was ist den passiert, hattest du einen Alptraum?«

Er war wie immer freundlich und beherrscht. Doch er verhielt sich merkwürdig. Tatsächlich wirkte er unausgeschlafen und wie aus dem Schlaf gerissen. War das alles wirklich nur ein Traum? Katharina stand vor dem Haus und sah ängstlich um sich, ihr Atem schnell der Puls rasend. Verlassen von jeder Hoffnung und dem Gefühl tatsächlich in Geborgenheit zu sein. Sie stand vor dem Haus wie ein Haufen Elend dessen Wächter Wahn die völlige Kontrolle über den Verstand besaß. Crying Hawk sah ihr mit ratlosem Blick entgegen, unterließ es jedoch sich ihr zu nähern.

»Ich habe alles beobachtet. Wann bin ich an der Reihe?«

»Was hast du beobachtet?«

»Das Ritual! TJ ist tot, ihr habt ihn ermordet!«, schrie sie und lief wieder zurück in das Haus sie stieß Crying Hawk von der Haustür, so dass sie leichter hineinkam, ohne dass er sie mit einem schnellen Griff hätte ergreifen können. Er zögerte nicht und folgte ihr in das Zimmer nach. Die Sonne kam hervor, der Morgen wirkte freundlich, der Himmel blau und weiße Wolkenschwaden zogen umher. Vögel sangen wie fasst jeden Tag und irgendwie war ihr Gezwitscher lauter als an den anderen Morgen zuvor. Katharina hatte sich in ihr Bett zurückgelegt und zitterte am ganzen Leib. Crying Hawk verließ den Raum und kam mit einer Injektion zurück.

»Das wird dich beruhigen. Ich weiß nicht was geschehen ist, aber dieser Alptraum muss sehr real gewesen sein,« sagte er während er ihr die Spritze in den Arm verabreichte.

Sie blickte ihn an und merkte, dass das Medikament schnell wirkend war und sofort alles in ihrem Körper verlangsamte. Sie wurde ruhiger, ihr Herzschlag und Atem regelmäßiger. Sie sah zu Crying Hawk und betrachtete ihn, wie er völlig unbekleidet neben ihr stand. Sein Blick besorgt, darin keine Spur von einem verborgenen Geheimnis zu erkennen.

»Willst du jetzt darüber sprechen, Süße?«

»Wozu, du weißt von was ich sprach.«

»Ja, von einem Ritual, aber ich verstehe nicht was du damit meinst. Ich habe tief geschlafen und wurde erst wach als du wie am Spieß zu brüllen begonnen hast.«

»TJ wurde ermordet. Ich habe es gesehen, du und John ihr wart dabei. John hat ihn skalpiert, nachdem er erstochen zu Boden gefallen war.«

»Kathy, ich gebe zu, dass skalpieren bei Kämpfen üblich war. Aber das ist Geschichte und heute kein Vergleich mehr. Niemand würde so etwas tun. Wie viele Western hast du gesehen?«

»Genug! Es reicht, ich will nichts mehr hören!«

»Aber du hast das heute Nacht nur geträumt! Oder glaubst du, ich kann mich in sekundenschnelle ausziehen und verschlafen aussehen, wenn du zu schreien beginnst?«

»Ich weiß nicht was ich noch glauben soll. Alles klingt nach einer guten Erklärung und dennoch ist das nicht genug.«

»Kathy, warum sollte John, seinen Sohn TJ töten?«

»Er ist verrückt und ich erkenne etwas in seinem Blick, der besagt, dass er TJ loswerden will, da es nicht sein Sohn ist.«

»Das ist Quatsch. Warum sollte er das tun? TJ ist nicht sein Sohn, aber warum sollte er ihn auf diese Weise umbringen?«

»Keine Ahnung sag du es mir?«

»Das Medikament wird bald wirken. Ich werde mich anziehen und Frühstück zubereiten. John wird auch bald kommen.«

»Kommt TJ mit?«

Crying Hawk sah sie grinsend an und konnte es nicht unterlassen eine zynische Bemerkung zu äußern.

»Wenn er nicht gestorben ist, vielleicht.«

Er nahm sie und ihre Worte auf irgendeine Weise nicht ernst, er hatte den Eindruck, dass Katharina nur durch Western ihre Einbildungen bekam.

»Du verdammtes Arschloch! Du verfluchtes Arschloch!«, brüllte sie und warf einen ihrer Pantoffeln hinter ihm her. Schweigend sah sie zum Fenster hinaus und irgendwie deutete wirklich nichts auf das Geschehene hin. John kam, wie fasst, jeden Morgen immer pünktlich und betrat zunächst nicht das Zimmer sondern ging sofort zu Crying Hawk in die Küche. Sie sprachen miteinander und lachten ab und zu. Erst als Crying Hawk mit den Rühreiern in der Pfanne zu Katharina hereinkam und den Tisch deckte, begrüßte John sie freundlich und mit einem sympathischen Lächeln.

»Mein kleines Reh darf heute ein wenig reiten lernen, wenn es will.«

»Tatsächlich?«, sagte sie und würdigte ihn mit keinem Blick.

»Ja und wenn du einmal nach draußen siehst, wirst du den Pferdetransporter erblicken, der genau drei Pferde darin stehen hat.«

»Warum nicht vier?«

»Wieso vier?«

»Na vier Pferde, das Eine wäre dann noch für TJ.«

»TJ? Aber er ist doch...«, Katharina ließ John nicht aussprechen sondern unterbrach ihn sofort abrupt mit einer schroffen Antwort.

»TJ ist von dir heute Nacht skalpiert und von anderen zuvor erstochen worden. Deswegen kann er wohl nicht an diesem Ritt teilnehmen. Und glaube mir ich hasse es wenn ich Recht habe!«

»Ich versteh kein Wort. Was redest du da, er ist bei seiner Freundin und geht wieder zurück ins College.«

»Ach was du nicht sagst.« Katharina sah beide an und dabei

161

musste man nicht einmal gute Menschenkenntnis besitzen, um zu sehen wie wütend und überzeugt sie war.

John sah Hilfe suchend zu Crying Hawk der denselben Blick auch ihm zuwarf. Beide sahen ratlos aus und verstanden angeblich nicht Katharinas Verhalten. Sie wendete sich mit dem Gesicht zum Fenster und schlief bald darauf ein, da das Beruhigungsmittel bereits seine Wirkung zeigte.

Gegen Nachmittag erwachte Katharina mit Appetit, sie drehte sich herum, Crying Hawk saß neben ihr auf der Bettkante. Er betrachtete sie, sagte jedoch nichts, sondern lächelte stattdessen.

»Habe ich lange geschlafen?«

»Ja, ganz schön lange,« erwiderte er.

»Ist John gegangen?«

»Ja.«

»Mit den Pferden?«

»Ich kann mich um sie nicht kümmern, du bereitest mir genug Sorgen.«

»Crying Hawk, ich habe es gesehen.«

»Das kann nicht sein, aber ich denke manche Dinge sind nicht reif genug um sie ans Tageslicht zu führen.«

»Was meinst du damit? Du gibst mir also Recht?«

»Kathy ich möchte, dass du mir ein klein wenig mehr Vertrauen schenkst. Vertraue mir einfach.«

»Du leugnest es nicht.«

»Ich denke du musst dich jetzt erst etwas stärken. Du hast doch Hunger?«

»Ja, eigentlich schon. Aber warum gibst du mir keine Antwort?«

Er sah sie nur nochmals an und verließ den Raum. Dieses Schweigen hatte etwas zu bedeuten. Sie begann nachzudenken und wenn sie sich auch ganz sicher war, so hatte sie in manchem Moment doch Zweifel. Sich dagegen zu wehren war nicht passend und sie beschloss der Sache sobald wie möglich auf den Grund zu gehen. Plötzlich kam ihr der Gedanke, dass sie gar nicht erst warten musste, sondern einfach ihrem Instinkt folgen konnte. Sie stieg aus dem Bett, zog sich das Baumfällerhemd von Crying Hawk über, lief ohne einen Blick nach ihm zu richten hinaus und direkt zu der Schwitzhütte. Während sie dorthin lief, fühlte sie wie der Herzschlag schneller wurde. In ihren Gedanken hörte sie nochmals TJ's Schreie, wie sie kläglich und voller Qualen in die Dunkelheit der Nacht drangen. Sie war kurz darauf an ihrem Ziel angekommen. Alles wirkte zunächst, als ob sie alles wirklich nur träumte, aber sie lief um die Hütte herum und entdeckte dahinter tatsächlich eine Feuerstelle.

»Was machst du hier? Willst du die Sauna einmal ausprobieren?«

Blitzartig drehte sich Katharina um und der Schreck stand ihr deutlich ins Gesicht geschrieben.

»Hier die Feuerstelle, die Asche ist sogar noch warm,« sagte sie und zeigte mit zittriger Hand darauf.

»Das ist durchaus möglich, ich habe vorhin etwas Gestrüpp verbrannt.«

»Gestrüpp? Na was für ein Zufall, da wäre ich nie drauf gekommen.«

»Das hättest du auch nicht können, weil du zu diesem Zeitpunkt noch tief geschlafen hast.«

»Das ist die Feuerstelle von heute Nacht. Oh nein! Diesmal kannst du mich nicht mehr vom Gegenteil überzeugen.«

»Heute Nacht, sagst du?«

»Ja sage ich und das habe ich gesehen! Die Asche ist deutlich noch lauwarm! Fühle selbst!«

»Kathy, wir haben bereits wieder beinahe Abend und die Sonne geht bald unter. Wie kann also die Asche lauwarm sein, wenn das Feuer angeblich heute Nacht gebrannt hat?« Crying Hawk sah sie fragend an.

Katharina musste selbst überlegen und allmählich kam ihr der Gedanke, dass sie vielleicht wirklich nur einen Traum träumte, der einfach zu real war.

»Ich weiß nicht. Im Übrigen habe ich das Gefühl, dass der Wahn mein Wächter ist und im Sturm der Realität zeitweilig eingeholt wird,« sagte sie nachdenklich. Ihre Sinne stets geplagt von Fiktionen die möglicherweise wirklich nie statt fanden.

»Komm mit, ich denke du brauchst jetzt etwas Schokoladenkuchen und eine warme Milch. Dann wirst du dich besser fühlen,« er reichte ihr seine Hand und sie lief mit ihm Hand in Hand zum Haus zurück. Der Kuchen stand bereits auf dem Tisch und die Milch in einem Glas. Katharina aß nicht wenig und Crying Hawk saß gegenüber von ihr und beobachtete sie.

»Mein Hemd steht dir wirklich gut. Es gefällt mir, es hat etwas gewisses an sich.«

»Wirklich, aber es ist mir fasst zwei Nummern zu groß. Ich denke es wirkt wie ein Sack an mir.«

»Das meinst du, ich finde das nicht.«

»Hmh, dann wird es das gewisse Etwas sein.« Sie sagte es fasst gleichgültig, so als ob ihr die Unterhaltung gerade zu viel war. Ihr gingen alle Szenen der letzten Nacht nochmals im Gedächtnis herum und jetzt fiel ihr wieder ein, dass sie sich ständig zwickte. Sofort zog sie das Hemd aus und betrachtete beide Arme. Sie hielt ihre Arme stocksteif und sah dann zu Crying Hawk, der bereits hinter ihr stand, allerdings aus einem ganz anderen Grund.

»Ich wusste nicht, dass du es so eilig hast. Aber Frauen sind wie ein Windrad, sie drehen sich mal so und dann wieder in die andere Richtung,« Achsel zuckend sah er auf den Boden und fügte noch hinzu »das ist das Schicksal aller Männer.«

»Du Lügner! Du mieser Lügner. Was verschweigst du mir?«, sagte sie plötzlich sie stand schnell vom Stuhl auf, nahm blitzartig das Kuchenmesser vom Tisch und hielt es direkt an seine Kehle.

»Schon gut, ist ja schon gut, ich habe es nicht so gemeint. Beruhige dich wieder!« Dabei schien er nicht einmal Angst zu haben. Im Gegenteil er grinste sogar etwas, zumindest hatte Katharina diesen Eindruck.

»Das was heute Nacht geschah, war kein Traum und jetzt rate einmal woher ich das weiß? Na beginnt deine verseuchte Gehirnmasse zu denken, ja tut sie das?«

»Möglich, aber ich verstehe nicht was du damit sagen willst.«

»Ich kniff mich heute Nacht mehrfach in den Arm und sieh her, diese blauen Flecken stammen davon. Ich spürte nur keinen Schmerz, weil ich zu schockiert war.«
Schnell und gewandt schlug er ihr in jenem Augenblick das Messer aus der Hand, worauf sie nicht gefasst war.

»Sei niemals unaufmerksam, wenn dein Feind gegenüber von dir steht. Du würdest jetzt selbst tot sein.« erklärte er besonnen und sah sie noch immer mit dem leidenschaftlichen Blick an. Er legte das Messer auf den Tisch, wonach sie abermals zu greifen versuchte.

»Ich vertraue dir keine Sekunde mehr und wenn du mich zum Wahnsinn treiben willst werde ich mich lieber umbringen. Das ist für alle das Beste.«

»Nein, das ist es nicht und jetzt wirst du schweigen.«

»Ich werde ganz und gar nicht schwei...«
Daraufhin unterbrach er sie abrupt und mit bestimmendem Ton.

»Katharina! Halt deinen Mund! Das meine ich so wie ich es sage.« Katharina rannte daraufhin aus dem Haus und versuchte geradewegs in den Wald zu gelangen. Aber Crying Hawk eilte ihr hinterher und schnappte sie kurzerhand. Er trug sie auf seiner Schulter zurück, obwohl sie sich heftig wehrte und mit den Beinen strampelte. Er verabreichte ihr nochmals eine Spritze und hoffte, dass Diese bald wirken würde. Den ganzen Abend sah er in das knisternde Kaminfeuer und blätterte lustlos in seinem Buch herum. Irgendwann ging er zu Bett und hoffte, dass Katharina nicht wirklich dem Wahnsinn verfiel.
Am darauf folgenden Morgen lag sie bereits wach in ihrem Bett und sah zum Fenster hinaus. Während er sie wie immer begrüßte wirkte sie verschlossen. Ihre Antworten waren knapp

und oft nicht vollständig. Teilweise musste er ihr jedes Wort aus der Nase ziehen, was ihn sehr viel Geduld kostete. John kam und verabschiedete sich da er für ein paar Tage wegfahren wollte. Er blieb in seiner Art gleich - immer freundlich und liebenswert, was Katharina nicht mehr im Geringsten interessierte. Gegen Nachmittag kam Crying Hawk zu ihr in das Zimmer und brachte ihr ein Glas stilles Wasser.

»Hier falls du Durst hast, ich werde heute Nachmittag in die Stadt gehen und ein paar Erledigungen machen. Aber ich bin bald zurück.«

Katharina sah ihn an, erwiderte jedoch nichts. Sie hielt nur schweigend das Glas in ihren Händen und starrte an die Wand vor sich. Crying Hawk gab ihr einen Kuss zum Abschied auf die Stirn und fuhr wenig später mit dem Wagen davon. Der schwere Motor unterbrach kurzweilig die Stille der Natur und erst als dieser sehr weit weg klang, stieg Katharina aus dem Bett. Sie verließ das Haus und lief zu der Scheune, die sie nochmals genauer untersuchen wollte. Es konnte nicht sein, dass man alles vor ihr verbarg, es musste eine Spur geben die zum Ritual zurückführte. Ganz gleich wo, ein Gefühl sagte ihr, dass es in dieser Scheune war. Sie öffnete ohne Zögern oder Besorgnis die Tür und lief hinein. Darin entdeckte sie zunächst nur den leeren Vorraum, wo sonst Crying Hawks Pick-up stand und noch immer lag der Heuhaufen seitlich an der Wand, der vermutlich für die Pferde dort gelagert wurde. Aber Katharina lief haltlos zu ihrem Autowrack, beinah wie magisch wurde sie dorthin angezogen. Sie wollte ihren Wagen nochmals genauer untersuchen, um möglicherweise einen Grund für eine erneute Flucht zu finden. Als sie direkt neben ihm stand, blieb sie wie angewurzelt stehen, TJ's Wagen stand direkt daneben und nach der Bremsspur zu urteilen wurde er in Eile darin abgestellt. Sogar der Zündschlüssel steckte noch und es war TJ's. Katharinas Gedanken schwenkten noch einmal zu ihrem ersten Treffen mit TJ, der unaufhörlich und fasst etwas nervös an dem Schlüsselanhänger der die Form eines Hufeisens hatte herum spielte.

Sofort ahnte sie, dass alles der Wirklichkeit entsprach, ganz gleich wie die Auslegung auch war. Aber was hatte der Wagen letztendlich darin zu suchen, wenn TJ in Patrol Town war und danach zum studieren ins College fahren musste? Sie sah sich den Wagen nicht genauer an und lief hastig aus der Scheune. Währenddessen wirkte dieser Schuppen so lang und geradezu endlos. Sie erreichte die Tür und achtete nicht mehr darauf ob sie verschlossen oder offen stand, nur eines war jetzt für sie wichtig, alles zu vergessen was sie sah und was sie herausfand. Sie beschloss, wenn es auch gegen all ihre Prinzipien verstieß, das Spiel mitzuspielen und durch einfache Spielregeln an die Wahrheit zu gelangen. Sie legte sich ins Bett und versuchte ihre Angst und das unentwegte Herzklopfen loszuwerden Aber sie bekam nichts unter Kontrolle, stattdessen übermannte ihre Angst den ganzen Körper. Angstschweiß rollte von der Stirn, den sie ständig von den Schläfen wischte. Irgendwann vernahm sie ein Geräusch direkt vor dem Haus und wie sich Jemand an der Haustür zu schaffen machte. Crying Hawk konnte es nicht sein, denn ohne Wagen wäre er niemals zurückgekehrt. Wer also war an der Tür und was wollte er hier ohne anzuklopfen? Katharina überlegte nicht lange und beinahe panisch lief sie in die Küche. Sie versuchte dabei so leise, wie möglich zu sein. Sie nahm das größte Fleischermesser, das mit noch kleineren Varianten alle nach Größe sortiert, in einem Ständer an der Wand hing. Sie griff danach, da ihr keine andere Möglichkeit zur Wahl stand. Wer auch immer dort draußen war, er wollte unter allen Umständen in dieses Haus. Katharina versteckte sich in ihrem Zimmer, hinter der Tür und wartete. Die Minuten wurden zur Ewigkeit, ihr Herzschlag schien sogar außerhalb ihres Körpers hörbar zu sein. Sie wurde das Gefühl nicht los, wenn nicht bald ein Wunder geschah, würde sie für immer im Wahn gefangen sein. Diese Ängste und vor allem das Ungewisse, war reine Folter für die Seele und den Verstand. Sie wollte nur ihren Traum verwirklichen und lernte den Alptraum kennen, der aus einem Netz von Widersprüchen und Lügen gesponnen wurde.

Sie war daran wie angekettet und ganz gleich wo sie hin lief, es gab keinen Ausweg, nur einen unaufhörlichen Kampf der alles von ihr abverlangte.

Irgendwann hörte sie wie das Schloss der Tür nachgab und dem Jenigen Einlass gewährte, der mutwillig einbrach um sein Vorhaben zu verwirklichen, was auch immer das sein mochte.

Die Schritte waren leicht, der Atem keuchend. Langsam näherte er sich, seine Atmung wurde lauter. Er vermutete anscheinend niemand in diesem Haus und bevor er in Katharinas Zimmer eintrat, lief er daran vorbei und direkt in den Behandlungsraum. Er schien etwas in dem Schrank zu suchen, da die Schranktür bei jedem Schließen und Öffnen laut knarrte. Es dauerte nicht lange und er verließ den Raum, allerdings hatte er sich von der Anstrengung etwas erholt. Er blieb zunächst vor der Tür zu Katharinas Zimmer stehen und öffnete sie ganz langsam und vorsichtig, so als ob er nach ihr Ausschau halten wollte. Warum wäre er sonst so vorsichtig? Also wusste derjenige, dass sie sich darin immer aufhielt und vermutete sie auch in jenem Augenblick hier zu finden. Als er sich in Sicherheit glaubte, trat er ein und Katharina stürzte mit einem beachtlichen Schrei hinter der Tür hervor und stach sofort einige Male mit dem Messer in dessen Rücken. Dabei fiel etwas auf den Boden und zerbrach, was ihr im Moment aber völlig gleichgültig war. Sie brüllte laut um sich und stach weiter auf den inzwischen längst wehrlosen Mann ein. Vom Wahnsinn ergriffen, schien sie nicht mehr sie selbst zu sein. Schnelle Schritte vor dem Haus, ein rasches öffnen der Haustür, all das hörte Katharina nicht mehr.

»Kathy! Großer Gott, Kathy ich bitte dich lass das Messer fallen! K-a-t-h-y!«, ertönte es hinter ihr. Die Stimme vertraut, aber alles um sie herum mit völliger Fremde erfüllt. Sie hörte nicht auf dessen bitten und setzte ihre Tat weiter fort.

»Kathy! Ich sagte aufhören!« Abermals vernahm sie die Stimme, die noch lauter und herrschender klang als zuvor. Daraufhin unterließ sie es auf den Körper weiter einzustechen und hörte von einer Sekunde auf die andere auf zu schreien. Sie blickte hinter sich und da stand Crying Hawk mit John. Beide sahen sie nur an, während Crying Hawk auf sie ganz langsam zulief. John blieb jedoch hinter ihm und betrachtete den blutüberströmten Körper, der am Boden lag. Diese Stille war eigenartig und das plötzliche Chaos von einem Augenblick zum Nächsten vorüber.

»Ich sehe überall Blut. Blut ist rot und überall erkenne ich rotes Blut,« sagte sie verwirrt. Sofort ließ sie das Messer aus ihren Händen gleiten, dabei sank auch sie zu Boden und wirkte wie in Trance versetzt. Sie selbst war von oben bis unten mit Blut versehen und auch sie hatte ein paar Schnittwunden davon getragen.

»Kathy, beruhige dich! Du wirst dich jetzt für eine ganze Zeit ausruhen müssen und dafür werde ich sorgen.« Crying Hawk sagte es ganz leise zu ihr und hob sie vom Boden auf. Er trug sie in den Behandlungsraum, dort verabreichte er ihr drei Injektionen, die unmittelbar zu wirken begannen.

John dagegen kniete vor dem Mann, der nur noch ein einziges Gemetzel aus Menschenfleisch darstellte. Er stieß einen lauten Schrei aus und hob dabei dessen Kopf ein wenig an. Über sein Gesicht rollten Tränen, Verzweiflung kennzeichneten sein Gesichtsausdruck. Er trug den Leichnam aus dem Haus. Danach war nur noch die Blutlache im Zimmer und Blutspritzer zeichneten die Holz verschalte Wand, die nicht aus Rache, sondern aus großer Furcht entstanden war.

Während John sich um den Leichnam kümmerte, hatte Crying Hawk mit Katharinas Verstand zu kämpfen. Sie starrte nur noch an die Wand und war willenlos. Alles was sie bisher herausgefunden hatte, verschwand in einem Nebel, der sie in kein Licht, sondern auf einem dunklen Pfad weiter umherirren ließ.

So vergingen Stunden, Tage und möglicherweise auch Wochen. Katharina verfügte über kein Zeitgefühl mehr. Schweigend ließ sie die Tage an sich vorüberziehen, bis eines Morgens wieder die Sonne zu ihrem Fenster hereinschien und ihrem Gesicht mehr Wärme, ein Gefühl von innerlichem nicht ausgelöschtem

Leben vermittelte. Sie blickte langsam um sich und hatte das Gefühl von einem langen Schlaf erwacht zu sein. Irgendwann erblickte sie Crying Hawk, der vor ihr am Bett stand und anscheinend ihre Gemütslage zu ergründen versuchte. Sein Blick freundlich und doch etwas undurchschaubar.

»Wie fühlst du dich?«, fragte er und nahm dabei ihre Hand.

»Ich habe das Gefühl, sehr lange geschlafen zu haben. Ist es so?«

»Ja. Und es ist besser wenn du dich noch etwas ausruhst.«

»Ich fühle mich nicht mehr müde, nur ein wenig schlapp.«

»Das geht vorüber,« sagte er lächelnd.

»Wo ist John?«

»Wieso möchtest du das wissen?«

»Nur so.«

»Er ist gegangen nachdem du.....ruhig gestellt warst.«

»Ich habe wieder einen Mord begangen. Das ist nicht mehr zu verzeihen. Wer war es diesmal, der Postbote kann es wohl nicht mehr sein. «

»Es war.... es war Jason, Kathy,« nur mit mühe konnte er ihr das mitteilen.

»Aber er war eingebrochen,. Er brach mutwillig die Tür auf!«, sagte sie aufgeregt und sofort kam jede einzelne Erinnerung in ihr Gedächtnis zurück.

»Ich weiß, ich weiß Kathy. Rege dich nicht auf. Es wird dir nichts geschehen.«

»Was? Ich soll mich nicht aufregen!«

»Kathy, manche Dinge geschehen, die kann man nicht aufhalten, sie sind zu stark, als dass man die Macht hat, diese aufzuhalten.«

»Ich habe ihn fürchterlich zugerichtet. John wird mir das nie verzeihen! Er wird mir nicht vergeben, nicht wahr?«

»Ich habe ihn seit dem Tod von Jason nicht mehr gesehen. Aber wenn er wieder Kraft gewonnen hat, wird er zu Besuch kommen.«

»Er hat ihn sehr gern gehabt, oder?«

»Ja, das hat er. Er fühlte sich immer für ihn verantwortlich.«

»Meinst du, er kommt irgendwann wieder hier her?«, sagte sie etwas bedenklich, da sie sich auf einmal sehr schuldig fühlte.

»Ich denke schon. Aber jetzt versuch dich noch ein wenig auszuruhen. Dein Körper muss gestärkt werden.«

»Ich werde es versuchen.« meinte sie nachdenklich.

»Ich habe auch etwas Kuchen für dich, wenn du Hunger hast....« Katharina unterbrach ihn sofort, »ich habe keinen Hunger, ich will überhaupt nichts essen.«

Katharina war ganz gewiss nicht zum essen zumute. Sie hatte das Gefühl, dass ihr Magen bis oben hin zugeschnürt war. Nachdem sie sich aufrichtete fühlte sie sich, als ob ihr Kopf von einem ganzen Felsbrocken erschlagen worden war. Der Kopfschmerz war nicht hämmernd oder stechend, sondern ein Druck, der unter allen Umständen versuchte aus dem Kopf zu gelangen. Sie hob mit ihren Händen die Schläfen und hoffte, dass dieser bald nachlassen würde.

»Kathy, hast du schmerzen?«

»Ja, so einen Druck im Kopf, er will raus und kann irgendwie nicht.«

»Das geht vorüber, ich denke es kommt von den starken Medikamenten.«

»Starke Medikamente?«

»Ja, Beruhigungsmittel. Du warst nicht mehr zu halten und ich wurde das Gefühl nicht los, dass du mit dir selbst eine Dummheit anstellen würdest.«

»Dummheit?«

»Selbstmord.«

»War es diesmal so schlimm?« Sie äußerte die Frage erstaunt und bedenklich zugleich. Denn sie fühlte sich bis auf den Kopfdruck eigentlich ganz wohl und konnte sich kaum an einen Selbstmordgedanke erinnern.

»Ich befürchte, diesmal hast du meine Nerven bis an die Grenze strapaziert.«

»Es tut mir Leid. Es tut mir wirklich sehr Leid,« sagte sie zu ihm und stand vom Bett auf. Sie lief zu ihm und begann ihn zu umarmen. Ihr war im Moment mehr nach Zuneigung und Wärme zumute, als bisher zuvor.

»Meine Süße, wir bekommen das wieder hin und ich werde dir bald das Land von seiner wunderschönen Seite zeigen.«

»Wann? Ich bin hier her gekommen um Urlaub zu machen, nicht um im Bett herumzuliegen.«

»Das weiß ich. Doch zuerst musst du wieder zu Kräften kommen. Iss ein wenig okay.« Etwas Kuchen stand bereits auf dem Tisch und die Suppenterrine mit zwei Tellern davor.
Katharina setzte sich daraufhin doch an den Tisch und aß ein wenig, wenn es auch nur der Mahlzeit eines Spatzes glich. Sie fühlte, dass es Crying Hawk doch mit ihr ehrlich meinte.

14

Die Tage vergingen und jede Nacht schlief Crying Hawk bei ihr, selbst am Tag wich er so gut es ging nicht von ihrer Seite. Sie fühlte sich oft ängstlich und völlig allein gelassen inmitten dieser Welt dessen einziger Zufluchtsort das Blockhaus war. Katharinas Zustand wurde Tag für Tag sichtlich besser und eines Morgens saß nicht Crying Hawk auf ihrem Bettrand, sondern John. Er lächelte sie noch immer freundlich an und legte seine Hand auf die ihre. Es schien als ob nie etwas passiert war.

»Guten Morgen, mein kleines Reh, ich hoffe dir geht es jetzt besser.«

»Guten Morgen,« sagte sie fasst zu schüchtern für ihre Person und betrachtete ihn nachdenklich, »es tut mir Leid mit Jason. Aber ich...«

»Sssssscchhhtttt, schschh,« unterbrach er sie und hielt seinen Zeigefinger auf ihren Mund. »Das sind vergangene Schmerzen. Denke nicht mehr darüber nach, sondern verfolge weiter dein Ziel nach vorn. Das ist besser für dich.« Wie bedacht er das sagte. Katharina wusste nicht wie sie dieses Verhalten einord nen sollte. Da waren keine Anzeichen für Hass oder Vergeltung.

»Wo ist Crying Hawk?«, fragte sie, nachdem sie ihn eine Weile verschwiegen ansah.

»Es musste ein paar Erledigungen machen. Ich kam nur zufällig vorbei, als er mich bat auf dich aufzupassen.«

»Du meidest jetzt diesen Ort, oder?«

»Sagen wir, es fällt mir nicht leicht.«

»Jason war wie ein Sohn für dich, oder?«

»Es war mein Sohn, aus erster Ehe, dessen Frau ich verlassen habe, weil ich ihre Trunkenheit nicht mehr ertragen konnte.«

»Davon hat mir Crying Hawk nie berichtet.«

»Das konnte er auch nicht, weil er selbst, bis zu Jasons Tod, davon nichts wusste.«

»Oh John, ich weiß nicht, ob ich mir das jemals verzeihen kann.«

»Das ist eine Sache die du mit dir selbst ausmachen musst. Ich kann nur für mich sprechen und ich weiß, dass du aus Angst und aufgrund deines Zustandes zu dieser Tat fähig gewesen bist. Du bist nach wie vor mein kleines scheues Reh, das ich sehr in mein Herz geschlossen habe,« sagte er und nahm sie daraufhin in seine Arme. Als er sie wieder ansah, sah sie in seinen Augen einen Ausdruck, den sie mit Worten hätte nie beschreiben können. Er betrachtete sie eine zeit lang und stand dann vom Bett auf. Die Augen vermochten Hass, Liebe und List zusammen auszudrücken.

»Ich habe noch etwas in der Scheune zu erledigen. Bleib brav im Bett, das ist das Beste für dich.«
Katharina nickte nur mit dem Kopf, doch so ganz vertrauen konnte sie ihm auf einmal nicht mehr. Er wirkte von einer Minute auf die andere, abweisend und distanziert. Das was er sagte klang bestimmend und wenn er die Begabung gehabt hätte mit seinen Blicken zu töten, wäre sie vermutlich in jener Sekunde gestorben.

Sie wartete, bis er den Raum verlassen hatte und die Haustür deutlich zuschlug. Erst nachdem sie ihn nicht mehr vernahm folgte sie ihm in die Scheune. Möglicherweise versuchte er TJ's Wagen zu entfernen oder er ordnete das Heu. Katharinas Herz schlug mächtig, als sie zu der Scheune lief. Sie hatte John versprochen im Bett zu bleiben, obwohl sie es nicht unbedingt bejahte. Er verschwand gerade in der Tür, als sie durch einen kleinen Spalt außerhalb direkten Sichtkontakt zu ihm hatte. Die Sonne schien auf dieser Seite nicht herunter, so dass der Einblick sehr gut war. Außerdem war der Schlitz an der hinteren Wand der Scheune, wo sie ihm unter keinen Umständen begegnen konnte. Zunächst sah er sich nur um und ging tatsächlich noch mal hinaus zur Tür. Er sah sich ein wenig um und verschloss diese danach von innen. Anschließend nahm er einen Rechen und scharrte damit eine große Menge Heu zur Seite. Irgendetwas hatte er darunter versteckt. Katharinas Puls verlangsamte sich nicht, im Gegenteil er begann unaufhörlich durch ihre Adern zu pulsieren. Sie beobachtete ihn weiter und wurde bald heimlicher Zeuge einer Falltüre die sich in diesem Schuppen, unter diesem Heu befand. John lief nochmals zur Tür und vergewisserte sich, ob ihm niemand gefolgt war. Anschließend ging er die Treppe zu der Falltür hinunter und verschloss diese wieder. Katharina wollte ihm sofort folgen, doch sie ahnte dabei nichts gutes und wollte es auf ein anderes Mal verschieben. Zugleich stellte sie sich die Frage, ob Crying Hawk von diesem unterirdischen Keller etwas wusste. Möglicherweise hatte er sie auch darin belogen und versuchte etwas zu verheimlichen. Aber an einem Keller war nichts besonderes. Das ergab keinen Sinn und während sie darüber nachdachte, lief sie wieder ins Haus zurück und zu ihrem Bett. Sie nahm sich fest vor Crying Hawk darüber auszufragen, wenn sie mit ihm alleine war. Sie hielt es für besser, da John keinesfalls von ihrer Beobachtung etwas wissen sollte. Vielleicht kannte nur er den Keller und Crying Hawk wusste wirklich nichts darüber, was eher unwahrscheinlich war.

Katharina lag schon eine ganze Weile im Bett, als John nach einiger Zeit wieder zu ihr in den Raum kam. Sein Gesicht freundlich und der hasserfüllte Gesichtsausdruck verschwunden.

»Mein kleines Reh war brav und hat sich, wie ich sehe, im Bett ausgeruht.«

»Ja, das habe ich. Du warst lange fort, war die Erledigung wichtig?«

»Ich denke das war sie,« erwiderte er und nachdem sie noch etwas fragen wollte hörte sie Crying Hawks Wagen, der schwer und immer lauter in Richtung Blockhaus fuhr. Dadurch wurde ihr Herzschlag wieder langsamer und ihre Angst verschwand. Sie fühlte sich bei ihm auf bestimmte Weise sicherer, obwohl sie sich manchmal keineswegs darüber im Klaren war. Wenig später hielt der Pick-up direkt vor ihrem Fenster und Crying Hawk sah zu ihr und John hinein. Danach lief er ins Haus und begrüßte als erstes Katharina mit einer langen Umarmung.

»Na wie erging es euch beiden?«

»Ich denke ganz gut.«

John beobachtete beide sehr kritisch sein Blick währenddessen erneut voller Hass. Er kniff seine Augen, wie durch Wut erzeugt, zusammen, so als ob er sofort im Stande gewesen wäre einen Mord auszuführen. Katharina sah ihm dabei direkt in die Augen, doch er schien es überhaupt nicht wahrzunehmen. Wie alleine und unbeobachtet stand er im Zimmer und blickte starrend zu beiden hinüber. Erst als Crying Hawk Katharina losließ, wurde sein Gesichtsausdruck wieder freundlich. Er konnte sich gut verstellen und vermutlich war auch sein Charakter ganz anders. Er verließ mit Crying Hawk den Raum und verabschiedete sich und fuhr in seinem Wagen davon.

»Hattet ihr einen schönen Tag?«, fragte Crying Hawk, als er mit einem Strauß roter Rosen in das Zimmer zurückkam.

»Ja, wir haben uns unterhalten, wenn auch nicht gerade viel, aber ich denke das ist kein Grund zur Klage.«

»Ich habe mir gedacht ich bringe dir ein paar Blumen mit.

Rosen mögen Frauen sehr gern. Ich hoffe du auch?«

»Oh Crying Hawk, die sind wunderschön. Wie die duften. Mein Freund brachte mir auch öfters einen Strauß roter Rosen mit. Habe vielen Dank,« sagte sie freudig und umarmte ihn.

»Vermisst du deinen Freund?«

»Seit ich mich in dich verliebt habe eigentlich nicht mehr. Warum?«

»Es war nur eine Frage.«

»Wenn das so ist, dann hast du ja eine ausreichende Antwort erhalten.«

»Hast du Hunger oder Durst?«

»Nein eigentlich nicht. Du?«

»Ich habe in der Stadt gegessen,« sagte er und setzte sich auf den Bettrand. Katharina betrachtete den Rosenstrauß in ihren Armen und roch noch häufiger an den Rosen. Der Duft war wundervoll und zudem brachten die Blumen etwas Leben in dieses Zimmer. Crying Hawk holte daraufhin eine Vase mit frischem Wasser gefüllt und setzte den Strauß in diese hinein.

»Ich finde Blumen gehören auf jeden Tisch,« meinte Katharina daraufhin, als Crying Hawk die Vase auf dem Tisch abstellte.

»Ja, das stimmt.«

»Sag mal, gibt es hier im Haus oder außerhalb des Hauses einen Keller?«

Crying Hawk schien zu überlegen und strich sich dabei sogar am Kinn.

»Nicht dass ich wüsste. Dafür gibt es die Speisekammer gegenüber von deinem Zimmer, das reicht eigentlich. Sie hat kein Fenster nur ein winziges im oberen Teil, damit keine Tiere hineingelangen können. Darin ist es auch kühl und man kann darin alles etwas länger aufbewahren. Wie kommst du darauf?«

»Es war nur eine Frage,« gab sie grinsend zur Antwort wobei er sich aber keine ernsthaften Gedanken zu machen schien.

»Wann kommt John wieder?«

»Morgen Früh, er will im Wald zeitig jagen.«

»Bis wann ist er dann zurück, vorausgesetzt er wird von keinem Wildhüter erwischt?«

»Mal den Teufel nicht an die Wand! Nun ich denke bis zum frühen Nachmittag.«

»Wirst du ihn begleiten?«

»Nein, ich muss noch mal in die Stadt. Aber ich werde vermutlich vor ihm da sein, vielleicht auch zur gleichen Zeit kommen. Aber warum stellst du so präzise Fragen? Willst du wieder einen Fluchtversuch starten, meine Süße?«

»Wieso habe ich dafür einen Grund.«

»Den hattest du bisher nie und du hast es trotzdem getan.«

»Diesmal nicht. Ich werde vielleicht ein Stück außerhalb des Hauses spazieren gehen. Dagegen hast du doch nichts, oder?«

»Nein im Gegenteil, ich denke frische Luft tut dir gut und sei vorsichtig.«

»Davon bin ich inzwischen auch überzeugt, mein Lieber....und ich werde vorsichtig sein.......wegen wilden Tieren und so,« sagte sie zeitweilig stockend und dennoch war ihr Gesichtsausdruck anders. Beide sahen sich daraufhin eher leidenschaftlich an und Katharina merkte, dass sie Crying Hawk ein gutes Schauspiel lieferte. Er schien ihr tatsächlich zu glauben, dass sie sich besser fühlte und endlich von ihren banalen Mordgedanken abgekommen war. Die Nacht verlief harmonisch und irgendwie fühlte Katharina, dass sie am nächsten Morgen erneut eine eigenartige Entdeckung machen würde. Sie beschloss diesmal ihren Fotoapparat mitzunehmen, der noch immer in ihrem Koffer lag.

Am darauf folgenden Tag konnte Katharina nicht mehr länger warten und nachdem sie ganz allein im Haus war und John seit wenigen Stunden jagte, fühlte sie sich sicher genug, um auch in diesen Keller zu steigen. Sie zog Crying Hawks Baumfällerhemd über ihr kurzes Nachthemd, anschließend holte sie aus ihrem Koffer noch den Fotoapparat um diesmal tatkräftige Beweise liefern zu können, falls es überhaupt welche gab.

Zunächst lief sie ein wenig vor dem Haus herum und suchte

währenddessen die Umgebung nach John oder Crying Hawk ab. Aber das genügte ihr noch nicht und sie lief in den Schuppen und rief laut nach John und Crying Hawk um ganz sicher zu gehen, dass sie völlig alleine war. Wenige Minuten wartete sie noch und erst dann verschaffte sie sich Zugang zu der Falltür. Auch sie verhielt sich genauso wie John und vergewisserte sich mehrmals an der Haupttür, ob sie niemand verfolgte, aber auch sie konnte niemanden entdecken. Trotzdem fühlte sie sich von etwas beobachtet, was vermutlich eher auf ihr schlechtes Gewissen zurückzuführen war. Langsam stieg sie die Treppe hinunter und trat in eine wahrhaftige Dunkelheit in der es eigenartig roch. Diesen Geruch hatte sie schon einmal gerochen, doch das war lange her und sie konnte ihn möglicherweise aufgrund dessen nicht mehr einordnen. Erstaunlicherweise brannten an den Wänden zwei kleine Petroleumlampen, die bestimmt nicht immer dort unten brannten. Katharina stellte sie heller ein und bekam dabei erneut Herzklopfen und Angst. Innerlich machte sie sich Vorwürfe, warum ausgerechnete sie alleine dorthinunter gehen musste. Das Licht wirkte wie eine Glühlampe so hell. Zunächst sah sie um sich und erblickte ein Labor, wonach TJ sich vor einiger Zeit erkundigte, jedoch nicht näher darauf einging. Überall standen Reagenzgläser herum und dazwischen, Katharina blieb der Atem weg, eine ganze Anzahl von verwesten Leichen, die seit einiger Zeit dort unten lagen. In manchen Glasschalen lagen teilweise blutige oder unblutige Skalps, die ohne Zweifel von den Leichen stammten. Katharina schrie laut auf, als sie direkt vor TJ's Leiche stand. Tatsächlich war seine Kopfhaut fein säuberlich abgetrennt, sein Körper mit unzähligen Stichverletzungen versehen und steinbleich; die Augen weit geöffnet und sein Gesichtsausdruck Schmerz verzerrt. Gleich hinter ihm Jason, auch seine Kopfhaut wurde abgetrennt, doch sein Körper war im Gegensatz zu den anderen in ein weißes Tuch gewickelt - einzige Ausnahme sein Kopf. Im Allgemeinen wirkte dieses Labor wie eine Grabstätte, aber auch Folterkammer zugleich. Katharina wollte so schnell wie nur möglich wie der hinauf und vergaß längst daran ein paar Fotos als Beweis zu machen. Als sie sich umdrehte stand John direkt hinter ihr. Angstschweiß rollte ihr von der Stirn, das Herz schlug bis zum Hals hinauf und der Atem stockte in jener Sekunde als sie John gegenüberstand.

»Oh, wie ich merke willst du ein paar Fotos machen, ja mein kleines Reh das haben die Touristen meist so an sich.«

Katharina erwiderte nichts sie versuchte zunächst wieder etwas Luft zu holen, was in der stickigen Luft, vermischt mit Fäulnisgeruch kaum möglich war.

»Ich denke jetzt ist es Zeit ein Bild zu machen, denn ich fürchte, dass du bald nicht mehr dazu kommen wirst. Weißt du, ich will dich töten,« sagte er ruhig und fest entschlossen.

»Töten? Mich?«

»Aber natürlich dich.«

»Warum? Was habe ich dir getan?«

»Dasselbe, wie alle anderen, du hast dich zwischen meine Taten gedrängt.«

Katharinas Herz schlug mächtig und ihr war eigentlich nur noch zum schreien zumute. Diese Angst war Folter genug, die sie eigentlich seit ihrer Ankunft in dieser Einöde spürte.

»Wer sind die Toten? Auch unschuldige Unfallopfer?«

»Nein sie wurden zum Teil steckbrieflich gesucht. Aber ich sträubte mich ihre dreckigen Seelen an den Sheriff auszuliefern. Ich ergötzte mich, sie in Qualen sterben zu sehen. Hier, siehst du diesen Gürtel, das ist ein Gürtel, den ich gerne geschaffen habe, ich trug ihn nur bei einem Ritual.« Er hob den Gürtel direkt vor Katharinas Gesicht, an welchem mehr als zehn dichte Haarbündel mit getrockneter Kopfhaut hingen. Voller Furcht sah sie diesen an. Jedoch wagte sie sich nicht auf Hilfe zu hoffen.

Katharina sah unweigerlich zu ihnen, obwohl sie sich innerlich dagegen zu sträuben versuchte. An den Wänden hingen eigenartige Gegenstände. Sichelartige Messer und auch lange Degen, die ganz gewiss nicht stumpf in ihrer Schnittweise waren. Erst

179

jetzt erblickte sie eine weitere Leiche die auf einer Bare lag. Sofort kamen ihr blitzartige Gedanken in den Sinn. Sie erinnerte sich an das völlig mit Blut getränkte Hemd, welches sie im Behandlungsraum zufällig sah. Dieses Hemd gehörte ihrem Vater er hatte es immer beim Gesangsverein getragen und zog es auch sehr gerne bei längeren Reisen an. Sie betrachtete weiterhin die Leiche und erkannte ihren Vater, er war ebenfalls skalpiert und lag mit demselben Schmerz verzerrten Gesichtsausdruck sowie Stichverletzungen dort, zwischen all den anderen. Katharina kniete sich auf den Boden und begann zu schreien. Nur noch zu schreien. Ihr Schrei hallte dort unten heftig und musste ganz gewiss auch nach außen dringen. Erst jetzt wurde ihr allmählich klar, dass Crying Hawk tatsächlich Kontakt zu ihren Eltern aufgenommen hatte. Doch ihr Vater wurde zuvor qualvoll ermordet, von einem Psychopath, der immerzu um sie herum war und ihr eine scheinheilige Ehrlichkeit und Freundlichkeit entgegenbrachte.

»Ich wusste hier ist etwas faul! Du Mörder! Du verdammter Mörder! Ich wusste ihr seid beide Mörder!«

»Beide?«, fragte er etwas überrascht und schien sie für einen Augenblick nicht zu verstehen.

»Du und Crying Hawk.«

»Der weiß nicht einmal, dass es hier einen Keller gibt mit kultureller Geschichte der Vereinigten Staaten.«

»Du Teufel! Du Gott verlassener Mörder!«, brüllte sie zu ihm und als sie ihn wieder ansah hielt er inzwischen eine Waffe in seinen Händen direkt auf sie gerichtet.

»Das ist richtig und du hast das hervorragend erkannt.« Während er das erwiderte applaudierte er mit seinen Händen und legte für jenen Moment die Waffe wieder weg. Anscheinend war er sich noch nicht einmal sicher, wie Katharina nun wirklich sterben sollte.

»Warum mein Vater! Warum John, falls das dein richtiger Name überhaupt ist?«

»Natürlich heiße ich John, um deine zweite Frage zuerst zu

beantworten. Nun zu der Ersten. Dein Vater wurde durch Hawk benachrichtigt und kam natürlich wenige Tage später hier an. Aber ich konnte alles mit Jason so gut wie möglich verhindern. Er schickte Hawk zu mir und leitete so deinen Vater auf den falschen Weg. Aber er war zu hartnäckig und schaffte es irgendwie doch hier her in diese Wildnis zu gelangen. Gerade als er ankam, sah er TJ und fragte ihn über vieles aus und der dämliche Bengel gab Auskunft wie bei einem Bahnhof. Daraufhin ließ ich ihn bald darauf verschwinden. Jason erstach ihn und ich nahm als Trophäe sein Skalp. Jason war so ein guter Junge. Er war zu gut für diese Welt.«

»Er war ein geistig kranker Junge wie du! Das ist die einzige Gemeinsamkeit die euch verbindet!«, sagte Katharina boshaft.

»Nicht nur das, er war mein einziger, leiblicher Sohn. Und du verdammte weiße Hure hast ihn in deinem Wahnsinn einfach erstochen. Mein Jason war wehrlos, völlig kampfunfähig.«

»Das ist nicht wahr, er brach ein und ich setzte mich zur Wehr, du blöder Hund!«

»Nun ich denke jetzt haben wir genug geplaudert. Jetzt wird es Zeit, dich endlich ins Jenseits zu schicken. Zuerst habe ich mir überlegt, dass ich dich auch wie die anderen umbringen sollte. Aber du hast Glück, denn dein Verhalten ist wie ein Reh, scheu und stets Flucht bereit. Ich bevorzuge Wild zu erschießen, also erschieße ich dich. Das ist dir doch auch lieber, oder?«

»Habe ich eine Wahl? Du machst doch sowieso das was du willst!«, sagte sie mit gesenktem Kopf, bis sie plötzlich Schritte die Treppe hinunter eilen hörte. Sie kamen näher und näher, doch auch wenn es Hilfe war, so konnte diese ihren Vater und all die anderen dort unten nicht mehr retten. Vielleicht war es John's Komplize und ein Traum der zur Realität wurde, wäre besser ein Traum geblieben.

Wenig später stand Crying Hawk vor beiden und hielt ebenfalls eine Waffe in seinen Händen, worauf Katharina erneut laut zu schreien begann. John drehte sich zu Crying Hawk um und ging auf in los. Katharina wollte diese Gelegenheit zur Flucht nutzen, was sie aus irgendeinem Grund jedoch nicht tat. Sie griff statt dessen nach einem Degen, der in unmittelbarer Nähe an der Wand zwischen zwei Nägeln hing und stach sofort damit auf John ein. Nur ein einziges Mal hatte sie die Kraft dazu. Nachdem er zu Boden sank, lief Crying Hawk zu ihr und nahm sie in seine Arme. Er hielt sie fest und seinem Gesichtsausdruck zufolge, hatte er tatsächlich nichts davon gewusst. Katharina wollte ihm noch so viele Fragen stellen, doch sie verlor daraufhin ihr Bewusstsein. Das alles war ihr zu viel gewesen, vor allem dass ihr Vater durch einen Psychopath sterben musste.

15

Auf einmal war alles Hell ein Licht am Horizont, ein Stillschweigen und vor allem endlich klare Sicht. Sie hatte es geschafft und trotzdem konnte sie sich nur langsam zu diesem Licht bewegen. Innerlich fühlte sie sich wie eine ungleiche Waage. Auf der einen Seite leicht und ausgeglichen, auf der anderen Seite schwer und noch immer stark mit Ängsten und Skepsis belastet. Sie folgte dem Licht, das heller, geradezu greller erschien. Allmählich hatte sie wieder genügend Kräfte gesammelt, die sie dazu brachten ihre Augen zu öffnen. Sie erwachte in einem Raum, der ganz und gar nicht Crying Hawks Umgebung glich. Die Wände waren weiß und um sie herum Apparate, an welche sie angeschlossen war. Die Sicht wurde jede Sekunde klarer und da erblickte sie Crying Hawk, er wechselte gerade eine Infusionsflasche und fühlte ihren Puls. Katharina begann zu Lächeln, obwohl sie sich noch immer ein wenig benommen fühlte.

»Willkommen im Leben, junge Lady! Sie hatten einen schweren Unfall und lagen im Koma.«

»Aber.... ich... ich ....Wo bin ich?«, fragte sie verwirrt. Zugleich sah sie einem Mann ins Gesicht, der wohl nackenlanges, ergrautes Haar hatte, dennoch Crying Hawk in jedem Gesichts zug gleich kam. Das lange, dunkle Haar war verschwunden, abgeschnitten und grau geworden, aber sein Gesicht dasselbe. Sein Lächeln entgegnete dieselbe Wärme und Hoffnung, nur die Umgebung war ein Krankenhaus.

»Sie sind im Memorial Hospital am Jasyard Creek. Ist ihr gebürtiger Name Katharina Perkinson, geboren in Schweden?«

»Ja, aber ......das ....«

»Miss Perkinson sie sind verwirrt, sie lagen eine ganze Weile im Koma,« erklärte er mit verhaltener Stimme.

»Crying Hawk! Wo....Crying Hawk......Ich kann mich an vieles erinnern.....aber sie tragen Crying Hawks Gesicht,« sagte sie benommen und streckte ihre Hände zu ihm aus.

»Miss, versuchen sie ruhig zu bleiben, ich weiß nicht von wem sie sprechen, ihr Zustand ist noch immer kritisch. Ich bin Dr. Lionel Matuloga, Arzt der chirurgischen Abteilung.«
Katharina sah erneut um sich und verstand zunächst nichts. Zugleich vernahm sie dasselbe Lied, das ihr Crying Hawk immer zur Beruhigung am Bett sang. Diesmal war es ein Mann mit silbergrauem langem offenen Haar, der sein Gesicht zum Fenster hinaus gerichtet hatte. Er sang es ohne Unterbrechung, selbst als der Arzt sich um Katharina kümmerte.

»Das Lied,..... das Lied ist es.... das hat ein Mann gesungen Crying Hawk! Ich kenne diese Melodie....ich kenne sie und vernehme sie.« Katharina summte die Melodie ein wenig mit und versuchte den Gesichtsausdruck des Arztes zu deuten. Es war nicht leicht, da er sie nur betrachtete und keine Miene verzog. Sie hatte große mühe alles einzuordnen und es kostete sie Unmengen von Kraft.

»Mr. Phil Bathrow hat sie in dieser fasst unauffälligen Böschung gefunden. Sie verunglückten in der Nähe eines Reservates.« Daraufhin sah sich der Mann erstmals zu ihr um, sang jedoch die Melodie weiter. Er lief zu ihr ans Bett und betrachtete sie mit erkundendem Blick.

»John....Das ist John..... Großer Gott, das ist John.... « Obwohl sie vor Stunden noch glaubte um ihr Leben kämpfen zu müssen, so fühlte sie sich im Moment schwach und in einem Irrgarten wandelnd.

»John? Nein, sein Name ist nicht John. Dieser Mann ist Phil Bathrow und Baumfäller, wenn er nicht zufällig dort unten zutun gehabt hätte wären sie vermutlich gestorben.«

»Da war dieser Keller....es war dunkel und überall roch es verfault und Leichen.....« Katharinas Stimme wurde leiser und sie sprach in unverständlichen Worten, ihr Blick nervös und der allgemein Zustand verschlechterte sich umgehend.

»Wir haben ihre Familie bereits verständigt.« Während er das sagte stellte er die Infusion anders ein und gab ihr zusätzlich eine Spritze, deren Wirkung jedoch nicht sofort einsetzte. Katharina wendete ihren Kopf zu ihm, ihre Augen nur noch halb geöffnet, dann erwiderte sie deutlicher, »das war gut.... die Antwort war eben gut. Aber das hat man versucht. Sehr lange versucht und ....« erwiderte sie und brach erschöpft den Satz ab. Sie sah den Arzt an und erst jetzt ging ihr Blick zu dem alten Baumfäller, der sie angeblich gefunden hatte. Sein rosa farbiges Hemd war nicht zugeknöpft und kein Verband um seinen Oberkörper gebunden. Zugleich war weder eine Einstichstelle oder Wunde zu sehen, sein Körper Narben frei. Anschließend sah sie an sich hinunter. Ihr ganzes Bein in Gips gehüllt, wie sie es längst kannte und einen Teil des Fußes verbunden, allerdings spürte und bewegte sie jeden einzelnen Zeh darin. War der kleine Zeh etwa noch dran? Sie konnte es durch den Verband und ihre anhaltende Schwäche nicht herausfinden. Aber ein Traum war es ganz sicher auch nicht. Langsam sah sie davon auf und starrte an die Wand, als sie nochmals in die fragwürdigen Gesichter des Arztes und des alten Mannes sah musste sie nur noch lachen. Sie lachte fortdauernd ohne Grund und brachte keine Worte mehr heraus. Das Einzige was sie nebenher verspürte, war die Wirkung des Medikaments. Ihre Augenlider wurden schwerer, ihr Zustand hinterließ ein Rätsel und im Hintergrund vernahm sie noch immer diese Melodie, die sie längst zu kennen glaubte.